AF353026

زباله‌گرد

Forta Publications | نشر فرم

زباله‌گرد

عبدالله اسماعیلی

Form Publications | نشر فرم

زباله‌گرد

عبدالله اسماعیلی

ویراستار: زهرا زاهدی

مدیر نشر: حمیده میرزاد

صفحه‌آرایی و طرح جلد: وحید عباسی

چاپ اول- ۱۴۰۲، نروژ

شمارگان: نامحدود

شابک: ۵-۱-۶۹۳۳۷۸-۸۲-۹۷۸

Dumpster diver

Abdullah Ismaili

Editor: Zahra Zahedi

Publishing director: Hamide Mirzad

Page layout and cover design: Wahid Abassi

First edition : 2023, Norway

Number of prints: Unlimited

ISBN: 978-82-693378-1-5

www.formbook.net

info@formbook.net

پیش‌گفتار ۷

۱.. ۱۵

۲.. ۳۱

۳.. ٤۱

٤.. ٥۱

٥.. ٥۹

٦.. ٦۷

۷.. ۷٥

۸.. ۸۱

۹.. ۸۹

برای معلمم بهومیل هرابال

پیش‌گفتار

بگذارید فرضیه‌ای نامحتمل را در نظر بگیریم و اساس بحث خود در این کتاب قرار دهیم. فرضیه‌ای که هرچند ممکن است بسیار بعید و یا کاملا باطل باشد، اما همین بنیان باطل می‌تواند ما را به درک و شناخت درست از ماهیت اندیشه راهنمایی کند. چند میلیون سال پیش، وقتی انسان امروزی هنوز با دیگر نخستی‌های هم‌جنس خود تفاوتی نداشت، اتفاقی افتاد که تا آن زمان بر روی زمین سابقه نداشت. اتفاقی که بشر امروز در انتظار رخ دادن آن با کنجکاوی و ترس چشم به آسمان دوخته است. بیگانه‌ای از فضای نامتناهی و تاریک بین کهکشان‌ها، در جست‌وجوی سیاره‌ای قابل سکونت پا بر روی زمین گذاشت. بیگانه‌ای از سیاره‌ای که تاریخ حیات در آن از لحاظ زمانی بسیار جلوتر از زمین بود. او با تجهیزات مخصوص

بر روی زمین قدم زد و خیلی زود فهمید به خاطر تفاوت‌های بیولوژیکی‌اش که متناسب با سیارهٔ خودش است، قادر به زندگی بر روی زمین نخواهد بود و خیلی زود از میان خواهد رفت. این موجود با بررسی گونه‌های موجود روی زمین دریافت که یکی از گونه‌های نوع انسان، می‌تواند برای او میزبان مناسبی باشد تا بتواند او را در برابر شرایط نامناسب زمین محافظت کند. این بیگانه، به‌عنوان انگل، در قسمت سر انسان آن زمان جا خوش کرد. سر، چند ویژگی مناسب داشت، یکی اینکه استخوان سخت جمجمه محافظ خوبی برای او به حساب می‌آمد و دیگر اینکه سر انسان در مقایسه با دیگر اندام‌ها هنوز به اندازهٔ کافی رشد نکرده بود. علاوه بر این، سر به اصلی‌ترین حواس یعنی بینایی و شنوایی نزدیک بود و انتقال پیام‌ها از این دو عضو مهم به سرعت انجام می‌گرفت. این موجود بیگانه سر را به‌عنوان جایگاه خود انتخاب کرد و با از دست دادن اندام‌های غیرضروری توانست به سیستم عصبی که کنترل کنندهٔ اندام‌ها و حواس است متصل شود و به خوبی با آن مطابقت پیدا کند.

این فرضیه هرچند در بادی نظر بسیار نامحتمل و بیشتر به موضوعی برای داستان‌های علمی ـ تخیلی می‌ماند اما می‌تواند در تحلیل کارکرد اندیشه بر روی زمین مفید واقع شود. قصد ما اینجا بنیان نهادن یک نظریهٔ علمی نیست، بلکه تلاش می‌کنیم از یک بنیان به احتمال زیاد غلط و یا بسیار بعید، به بینشی درست دربارهٔ

ماهیت اندیشه دست پیدا کنیم. اینکه انسان چه در دوران ماقبل تاریخ و دورهٔ اساطیر و چه در دوران تفکر و فلسفه، همواره چشم به آسمان دوخته است، نه به خاطر بلندپروازی او، بلکه نشان از نوستالژی غم‌انگیزی دارد که به اندیشه هنگام نگریستن به آسمان دست می‌دهد. نوستالژی‌ای که در طول تاریخ بشر، بهشت، عالم مُثُل، متافیزیک و نام‌های دیگر به خود گرفته است.

موجود بیگانه زمین را به‌عنوان خانه و انسان را به‌عنوان میزبان انتخاب کرد، اما این تازه آغاز مشکلات و شوربختی‌های این دوگانهٔ زمینی ـ آسمانی بود، این موجود خارجی که با تطبیق‌هایی که بعدا بین او و میزبانش انجام گرفت، انسان هوشمند نام گرفت، بعدها در جعبهٔ پاندورایی را گشود که در آینده‌ای نه چندان دور قرار بود تمامی بلاها و مصیبت‌ها را بر روی زمین پراکنده کند. انسان هوشمند، ویژگی منحصر به فردی داشت که تاکنون بر روی زمین سابقه نداشته است: خودآگاهی. پیش از این حیات بر روی زمین کور و فاقد شعور بود و حالا به مدد این میهمان خارجی، گونه‌ای بر روی زمین شکل گرفت که دارای قوهٔ خودآگاهی بود. این موجود خودآگاه، وقتی به خود و محیط اطراف خود نگاه کرد، اولین سؤالی که از خود پرسید این بود: من کیستم و در کجایم. قطعا این موجود که تازه از نعمت خردمندی برخوردار شده جوابی برای این سؤال خود ندارد و در اینجا، اندیشه، که به سرگشتگی او پی می‌برد، سعی می‌کند با جواب‌هایی که امکان حقیقت‌یابی آن برای انسان

آن زمان میسر نیست تا هر زمان که بتواند سر او را گرم کند و بعد در وقت مناسب جواب‌ها را یک‌یک برای او بشکافد و روشن کند چراکه اندیشه به خوبی می‌داند بقای او به بقای انسان وابسته است، ازین‌رو با احتیاط هرچه بیشتر با این موجود برخورد می‌کند، زیرا می‌داند اندیشه، چنان قدرتی دارد که اگر یک‌باره تمامی قابلیت‌های آن بر انسان آشکار شود یا دچار ترس و وحشت می‌شود و یا آسیب‌های جبران‌ناپذیری به خود و محیط وارد می‌کند، آسیب‌هایی که امروزه در زندگی حال حاضر شاهد نمونه‌های فراوان آن هستیم.

انسان، گیج و مبهوت، درحالی‌که از بهشت نادانی و نافهمی، به زمین دانایی و خودآگاهی هبوط کرده، مستأصل به اطراف خود می‌نگرد، او که تجربهٔ زندگی اندیشه‌مند را ندارد و تاکنون با غرایض خود زندگی کرده به دنبال راهنما می‌گردد. اندیشه، که میهمان بود، کم‌کم کنترل را بر عهده می‌گیرد و ارباب می‌شود. انسان، چون کودکی که تازه چشم به جهان گشوده، دربارهٔ هر چیزی سؤال می‌پرسد و اندیشه به مقتضای فهم او برایش پاسخی می‌دهد.

اسطوره‌ها در این دورهٔ بشر شکل می‌گیرد و بنیان اندیشهٔ انسان قرار می‌گیرد. مغز که خود را متعلق به آسمان می‌داند و نقش فعالی در شکل‌گیری بینش انسان دارد، جهان را به دو قسمت بالا و پایین، مینوی و زمینی، مقدس و نامقدس تقسیم می‌کند. او که از همان ابتدا، بالاترین قسمت بدن، یعنی سر را به‌عنوان جایگاه خود برگزیده

بود، خـود را والاتر از انسان می‌دانست و هدفی جز تحت کنترل قرار دادن او نداشت و آن تـرس انسـان امـروز از تحـت سلطه قرار گرفتن توسط بیگانه‌ای با هـوش برتـر، مدت‌هـا قبل بـه حقیقت پیوسته و او از مدت‌هـا قبل به‌عنـوان بـرده در اختیـار بیگانـه‌ای از سیاره‌ای دور قرار گرفته است.

امـا به مـرور و طـی هـزاران سـال، پیونـد اندیشـه بـا آسمـان سسـت می‌شود و آن رشتهٔ محکم که زمین و آسمان را به هم متصل می‌کرد، می‌پوسـد و اندیشـه تخته‌بند زمیـن می‌شـود. اندیشـه، زمیـن را بـه عنـوان خانهٔ خـود می‌پذیـرد و بـه مـرور زمینـی می‌شـود. کم‌کـم اسطوره و جادو، که بیانگر پیونـد بین زمین و آسمان بود، جای خـودش را بـه تفکـر منطقی می‌دهد و اندیشـه که پشـتوانهٔ آسمانی خود را از دسـت داده و بـا انسـان بـه وحـدت کامـل رسـیده، می‌کوشـد تا خـود را بـرای خوشبختی دنیوی آماده کند و یاد می‌گیرد برای زندگی بهتر ابزارهای مفیـد بسازد. با اختراع چـرخ، زندگی انسـان سرعت می‌گیـرد و اولین پایه‌های زندگی صنعتی بنا می‌گردد. چـرخ، انسان را که مدت‌هـا در یک نقطه ساکن بود به سمت جلو حرکت می‌دهد و تقریبا هم‌زمان بـا آن انسـانی کـه از مدت‌هـا قبـل، شـاید بـا مشـاهدهٔ جـای پـای خـود هنگام راه رفتـن روی زمینـی نرم، یاد گرفتـه بـود، می‌توانـد اثری از خـود بر جـای بگذارد و شـروع به نقاشی شکار بـر روی دیـوارهٔ غارهـا کرده بـود، دریافت کـه می‌توانـد دانش و تجربهٔ خـود را به دیگران و نسـل‌های بعد منتقل کند. اندیشـه که نمی‌توانسـت ماننـد انسـان دانش خود را

از طریق مادهٔ ژنتیکی به نسل بعد منتقل کند باز به دست به ابتکار زد و یکی از خلاقانه‌ترین ابداعاتش یعنی خط و نوشتن را اختراع کرد و دانش خود را بر روی کتیبه‌ها، پوست حیوانات و کاغذ یادداشت کرد و این دو اختراع، زیربنایی شد بر تمدن امروز بشر و بالاخره انسان توانست بعد از هزاران سال، قفل اندیشه را بشکند و به توانایی شگرف آن دست پیدا کند. او زمین را تحت سلطهٔ خود گرفت و منابع بیکران آن را برای زندگی بهتر استخراج کرد. انسان آموخت، به مدد اندیشه می‌تواند بر محیط حکم‌فرما شود و به دخل و تصرف در آن بپردازد. درستی هر چیزی توسط علم تجربی، که ابزار تازهٔ بشر بود، تشخیص داده می‌شد و هر چیزی که در محدودهٔ علم تجربی قرار نمی‌گرفت کنار گذاشته شد، اندیشه‌های پیشین، که روزگاری علم متقن شناخته می‌شدند، به قلمرو هنر رانده شدند و این موجود بیگانه، یعنی اندیشه که برای مصرف منابع زمین آمده بود، خود را بی‌رقیب یافت. حتی جنگ‌ها، که پیش از این بیشتر ماهیت نژادی و قومی داشتند در راستای بهره‌گیری از منابع دیگر ملل رخ دادند، کشورها به دو گونهٔ استعمارگر و مستعمره درآمدند. کارخانه‌ها و ماشین‌ها بدون تعطیلی و بیست‌وچهار ساعته به کار پرداختند و هر آن چیزی که اندیشه به آن فکر می‌کرد، مدتی بعد به تولید انبوه رسید تا شهوت اندیشه به خلق و تولید، ارضا شود. سوخت‌های فسیلی، زمین را به مرور آلوده کرد و بعد از آن اختراع دیگر بشر، یعنی پلاستیک، تهدید تازه‌ای شد برای حیات بر روی زمین. هوشمندی،

که می‌توانست یک امتیاز منحصر به فرد برای انسان نسبت به سایر موجودات باشد خیلی زود به ابزاری برای نابودی او تبدیل شد.

رهبران جهان و دانشمندان و طرفداران محیط زیست گرد هم آمدند و توافق‌هایی کردند برای کاهش آلودگی‌های زمین، اما هیچ‌کدام از این جلسات، نتوانست جلوی اندیشهٔ انسان عصر جدید را برای تولید بیشتر بگیرد و کم‌کم این سیارهٔ کوچک رو به نابودی گذاشت، پلاستیک و دیگر زباله‌ها در زمین و آب‌ها، و دود و آلودگی‌های گازی آسمان را فرا گرفت. جنگل‌ها قطع شد، هوا گرم‌تر و یخ‌های قطبی شروع به آب شدن کرد. اندیشه که می‌دانست زمین رو به نابودی است، علم و تکنولوژی را به سمت فضای بیرون از زمین برد تا هنگامی که زمین نفس‌های آخر خود را می‌کشد، از زمین بگریزد، اما اندیشه به خوبی می‌داند که هنگام فرار از زمین، قادر نخواهد بود، هفت میلیارد انسان را همراه خود ببرد. به همین جهت در تلاش است تا خود را از قالب ذهن انسان رها سازد و خود را در ماشین‌ها و ابرکامپیوترها جاسازی کند.

این پایان همزیستی این دوگانهٔ زمینی ـ آسمانی خواهد بود و اندیشه در آینده‌ای نه چندان دور با انسان وداع خواهد کرد. هوش مصنوعی به زودی جای هوش انسان را خواهد گرفت تا روزی که اندیشه بخواهد زمین را ترک کند، این کار کم‌ترین هزینه را بر او متحمل کند. اندیشه همان‌طور که آمده بود، روزی دوباره سفر دوم خود را آغاز خواهد کرد و از زمین خواهد رفت و دوباره انسان را بر

روی زمین در حال نابودی تنها خواهد گذاشت. این مسافر کیهانی، در سفر خود در پهنهٔ کهکشان‌ها موجودات پست و فاقد درک و فهم را به توهم دانستن دچار می‌کند تا از این طریق منابع آن‌ها را چپاول کند و در آخر آن‌ها را در سیاره‌ای در حال نابودی رها کند.

این فرضیه هرچند در ابتدا با بنیانی شاید نادرست پایه‌گذاری شده، اما هرچه به اواخر تاریخ بشر نزدیک می‌شویم، بیشتر رنگ حقیقت به خود می‌گیرد. اندیشه، خواه منشاء زمینی داشته باشد و یا آسمانی، میهمانی است که تا ابد با ما باقی نخواهد ماند و روزی از ذهن بشر رخت خواهد بست و آنچه از خود بر جای خواهد گذاشت، زمینی آلوده و ویران خواهد بود.

۱

من دوست دارم دانشم را به صورت خام از تجربه به دست بیاورم و قبل از آنکه کسی آن را دسته‌بندی و مرتب کند، آن را به صورت کامل و دست نخورده و با تمامی متعلقات آن از طریق حواس پنج‌گانه‌ام دریافت کنم و با ذهنیت خودم که وابسته به چارچوب‌های آکادمیک نیست، پالایش کنم. روش من هرچند برای محققین دانشگاهی قابل قبول نیست اما گاه به نتایج شگفت‌انگیزی منجر می‌شود. به همین خاطر است که من تمام زندگی‌ام را صرف جمع‌آوری زباله کرده‌ام و در طول این سال‌ها همچون فیلسوفی که افکار و اندیشه‌ها را می‌شکافد تا از دل آن‌ها اندیشه‌ای جدید استخراج کند، پاکت‌های زباله را برای پیدا کردن چیزی که ارزش جمع‌آوری و بازیافت داشته باشد شکافته‌ام و به جست‌وجو میان آن‌ها پرداخته‌ام و در همهٔ این سال‌ها دانشی

که از این طریق به دست آوردم به من درک بهتری از زندگی می‌دهد و اعتقاد دارم دانشی که در کلاس‌های درس و یا در آزمایشگاه‌ها و به‌وسیلهٔ رایانه‌ها و ماشین‌های پیشرفته به‌دست می‌آید فاکتورهای مهمی را نادیده می‌گیرد که وجود آدمی از آن شکل گرفته است و به عقیدهٔ من هرگونه نقادی دربارهٔ زندگی و اندیشهٔ بشر باطل به نظر می‌رسد مگر اینکه ذهن نقاد با کنار زدن پوستهٔ پر زرق و برق دانش و اندیشهٔ آدمی، به بطن زندگی بشر ورود کند و نمود اندیشه را در آن ببیند، چرا که ما برای مدت‌های طولانی این‌گونه پنداشته‌ایم که آنچه اندیشه برای ما به ارمغان آورده چیزی همچون کتاب‌های فلسفی، روانشناسی، جامعه‌شناسی، هنر، موسیقی و دیگر علوم و نظریات علمی است، درحالی‌که اگر بخواهیم دقیق‌تر به دستاوردهای اندیشه نگاه کنیم آنچه ما را خرسند می‌کند تنها بخش ناچیزی از آن را تشکیل می‌دهد و مابقی آن را طبق عادت همچون دیگر مسائل ناخوشایند به دست فراموشی سپرده‌ایم.

من تمام عمرم به جمع‌آوری بطری‌های یک‌بارمصرف آب، قوطی‌های آلومینیومی نوشیدنی، کارتن و پلاستیک‌های بسته‌بندی، قطعات جدا شده از ماشین‌های در حال حرکت که در کنار خیابان‌ها رها شده‌اند و تمام چیزهایی که مردم به‌عنوان دوررریختنی در سطل زباله می‌اندازند و قابلیت بازیافت دارند، پرداختم و با آن‌ها خو گرفته‌ام و به آن‌ها به‌عنوان چیزهای دوست‌داشتنی نگاه می‌کنم و به همین خاطر وقتی یک کارتن بسته‌بندی یا قطعه‌ای پلاستیکی روی زمین می‌بینم،

چشم‌هایم برق می‌زنند و قلبم تندتر از قبل به تپش می‌آید و با شوق آن را از روی زمین برمی‌دارم، اول با دست آن را سبک و سنگین می‌کنم که ببینم چقدر وزن دارد و بعد آن را داخل کیسه‌ای که بردوشم حمل می‌کنم، می‌اندازم و وقتی کیسه‌ام به اندازه‌ای سنگین شد که حمل آن برایم سخت شد به سمت گاراژ کرایه‌ای‌ام در حومهٔ شهر حرکت می‌کنم و کیسه را روی انبوه زباله‌هایی از پلاستیک، کاغذ، کارتن و کابل‌های فلزی دیگر خالی می‌کنم تا بعد در زمان استراحت آن‌ها را از هم تفکیک کنم و در جایگاه مخصوص خودشان قرار دهم و بعد دوباره به ماراتن روزانه‌ام برای جست‌وجو میان زباله‌های شهری برمی‌گردم و این کار را هر روز چندین بار مثل یک مراسم آیینی مقدس انجام می‌دهم و در همهٔ این سال‌ها به این کار نه فقط به‌عنوان راهی برای کسب درآمد و گذران زندگی، بلکه به‌عنوان راهی برای کسب دانش و همچنین یک وظیفهٔ اخلاقی و یک مراقبهٔ ذهنی نگاه کرده‌ام که در زندگی امروز، هر انسانی باید حداقل ساعتی از شبانه‌روز را صرف آن کند. من به زباله‌گردی نه به‌عنوان شغل و درآمد، بلکه به‌عنوان پناهگاهی برای فرار از زندگی‌ای که به کلی از اندیشه خالی شده نگاه می‌کنم و هرگاه قطعه‌ای زباله را از روی زمین بلند می‌کنم، وجودم سرشار از شادی می‌شود و انرژی‌ای که از این کار به دست می‌آورم به من برای ادامهٔ زندگی‌ای کمک می‌کند که مدت زیادی است دیگر عشق ورزیدن، نه فقط به هم‌نوع، بلکه به تمام آنچه مانند او دارای هستی است را فراموش کرده و من به همین خاطر به زباله‌ها

عشق می‌ورزم و هنگامی که یک بطری یک‌بارمصرف را از داخل جوی آب یا سطل زباله برمی‌دارم، آن را در آغوش می‌گیرم و مانند مادری که به فرزندش محبت می‌کند به آن عشق می‌ورزم چرا که من خود را با آن‌ها در این رنج بزرگ، یعنی طرد شدن، مشترک می‌دانم.

برخلاف دیگر زباله‌گردها، من تنها کسی هستم که در میان سطل‌های زبالهٔ فلزی بزرگ و جوی‌های آب و یا هنگام گشت‌زنی میان کانال‌های آب حومهٔ شهر که پسماند فاضلاب شهری و یا بارندگی‌های فصلی قوطی‌های پلاستیکی و فلزی رهاشده را همراه خود می‌آورد و در میان همهٔ این آلودگی‌ها و کثافات، ناب‌ترین و روشن‌ترین اندیشه‌ها را یافته‌ام، اندیشه‌هایی که پیش از این کم‌تر کسی به آن دست یافته چرا که هیچ کسی حاضر نیست تا میان زباله‌های کثیف و متعفن به دنبال چیزی باارزش بگردد و همان‌طور که این زباله‌ها در دستگاه‌های بازیافت خرد و خمیر می‌شوند و از آن‌ها برای ساخت وسایل تازه استفاده می‌شود، اندیشه‌های قدیمی و کهنه هم در ذهن من مانند قوطی‌های پلاستیکی بازیافتی آسیاب می‌شوند و بعد از آن‌ها اندیشه‌های نو زاده می‌شود و به مدد همین زباله‌گردی‌ها سر من به یک دستگاه عظیم بازیافت تبدیل شده که با تیغه‌های قدرتمند هر اندیشهٔ کهنه‌ای را در هم می‌شکند و خمیر می‌کند و بعد از ذرات آن دوباره اندیشه‌هایی تازه پدید می‌آورد.

من تمام عمرم را صرف جمع‌آوری زباله کرده‌ام و در همهٔ این سال‌ها تنها نبوده‌ام. شب‌ها هنگامی که شهر در خاموشی فرو می‌رود من به

همـراه لشـگر بزرگی از زباله‌گردهـا کـه از آلونک‌هایشـان بیـرون آمده‌اند زیسـت شـبانه‌ای را آغـاز می‌کنیم کـه در آن بایـد بـا سـبقت گرفتن از همدیگـر و از گربه‌هـای خیابانی سـعی کنیم سهم بیشـتری از این زباله‌ها بـه دسـت بیاوریم. زباله‌گردهایی کـه اکثرشـان را کـودکان بدون سرپرست و یا مهاجر افغان تشـکیل می‌دهد چرا که جامعه جایگاهی بهتر برای ایـن کـودکان قابـل تصـور نیسـت. گروهـی از ایـن کـودکان نیـز توسـط شـهرداری بـه کار تفکیک زباله از مبداء مشـغولند و در مراکز بازیافت و در میان زباله‌ها زندگی می‌کنند. کودکانی که هیچ‌گاه فرصت تحصیل و انتخـاب شـغلی مناسـب بـرای خـود را پیـدا نمی‌کننـد. ایـن کـودکان بازماندگان مردمی هسـتند کـه بـا عبـور کردن از مرزهای چندین کشور در جست‌وجوی زندگی بهتر جان خـود را بـه خطـر می‌اندازند تا خـود را بـه سـرزمین موعـود یعنـی مناطق اروپایی برسـانند و گاه در این مسـیر یـا در دریا غرق می‌شـوند و یـا در سـرما یخ می‌زنند اما این خطرات را بـه امید زندگی بهتـر بـه جـان می‌خرنـد و آن‌هـایی کـه توانـایی ایـن سـفر را ندارنـد در اینجا بـه کارگـری و شـغل‌های پسـت مشـغولند. مـن بـه خاطـر شـغلم بـا افراد زیادی سـر و کار داشـته‌ام، مثلاً پیرمردهـای زباله‌گردی را دیدم که تمام عمرشان را مشغول کارهای سخت بوده‌اند و وقتی که دیگر توانایی کار کردن را از دست داده‌اند، به‌عنوان فعالیت دورۀ بازنشسـتگی به زباله‌گردی روی آورده‌اند. اما من به‌عنوان نماینـدۀ نسـلی کـه سال‌هاسـت انسـانی صاحب اندیشـۀ درسـت و حسـابی بـه جامعـه تحویـل نـداده، مردمـی کـه کوه‌هـا و دره‌هـا و دریاها را پشـت

سـر مـی‌گذارنـد و هـزاران فرسـنگ از سـرزمین خـود دور می‌شـوند امـا اندیشه‌شـان هیچ‌گاه از مرزهایشـان عبـور نکرده خـود را مسئول مـی‌دانم و بـه همـین خاطـر بـا جدیت تمـام سطلهای زباله را یکی‌یکی وارسی مـی‌کنم تـا همان‌طـور کـه زباله‌هـای بازیافتی را از میانشـان جمـع‌آوری می‌کنـم برای این تلاش می‌کنـم تا با اندیشه‌ام سـرزمین‌های دور را فتح کنم. من بـا زندگی میان همـین زباله‌هـا دانشی عظیم اندوخته‌ام، دانشی کـه در چند کلاسی کـه به مدرسه رفته‌ام و یـا کتاب‌هایی کـه گاه میـان زباله‌هـای بازیافتی پیـدا کرده و مطالعـه می‌کنم یاد نگرفتم. بـا زندگی میـان همـین زباله‌هـا بـود کـه دریافتم آدمی آن چیزی است کـه از خود بر جـای می‌گذارد و اگر این جملـه درسـت باشـد، آدمی نـه فقط آن میراث بـزرگ فکـری، تاریخی و فرهنگی اسـت کـه در طـول هـزاران سـال از عمر خـود بـر روی زمـین و در کتاب‌هـا و سنگ‌نوشـته‌ها و پوسـت حیوانات و یـا بـر روی نوارهـا ولوح‌هـای فشـرده و دیسـک‌های کامپیوتـری و آثـار معمـاری و نقـاشی برجـای گذاشـته، بلکه تمامی زباله‌هـایی اسـت کـه هـر شـب لشـکر گربه‌هـای ولگـرد خیابـانی بـه همـراه زباله‌گردهـا بـه غـارت می‌برنـد و آنچـه از آن باقی می‌مانـد را کارگـران شهرداری بـار ماشین‌هـای زباله‌بـر می‌کننـد و بـه گورسـتان زباله‌هـا می‌برنـد و در آخر پیـش از آنکـه آن میـراث بـزرگ فکـری و فرهنگی بتوانـد نجات‌بخـش انسـان در زندگـی حـال و آینده‌اش باشـد، بشـر خـود را در میـان اقیانـوسی عظیم از زباله‌هـایی کـه خـود تولیـد کـرده مدفـون خواهـد کرد. زباله‌هـایی کـه حجـم آن از تمـامی تولیدات فکـری و تمـامی آنچـه بشـر به‌عنوان فرهنگ

و تاریخ و آداب و رسوم از خود برجای گذاشته بیشتر است و من در همین زباله‌گردی‌ها بود که دریافتم که به زباله‌ها نه فقط به‌عنوان مسئله‌ای زیست‌محیطی، بلکه به‌عنوان یک فاجعه در سیر اندیشهٔ انسان خردمند نگاه کرد چراکه انسان عصر حاضر در مقایسه با گذشتگان بیشتر از هر چیز دیگر به تولید زباله پرداخته است. هرچقدر اندیشه به سمت موجزگویی و اختصار رفته، انبوه زباله‌ها جای این اختصار را گرفته و به تولید بیشتر روی آورده است. من زباله‌گردی را انتخاب کرده‌ام چراکه من خود را بزرگ‌ترین فیلسوف عصر حاضر و یک هنرمند تمام عیار می‌دانم. چراکه عصر حاضر دیگر فیلسوف و هنرمند پرورش نمی‌دهد و اگر گاه چیزی دربارهٔ هنر می‌شنویم تنها اداهای دلقک‌گونه‌ای است که خنده‌ای خلسه‌وار بر لب‌ها و روح ما جاری می‌سازد و من به همین خاطر روزها و شب‌ها مثل گربه‌های شهری در میان زباله‌ها به دنبال بازمانده‌هایی از آن چیزی هستم که روزگاری اندیشه نام می‌گرفت. من خود را همچون شوپنهاور متفکری بزرگ و زباله‌گرد اندیشه‌ها می‌دانم. هنر و اندیشهٔ من نه بر روی کاغذ یا لوح موسیقی یا پردهٔ سینما، بلکه اثرات آن را در زندگی روزمرهٔ تمام انسان‌ها می‌توان مشاهده کرد و همان‌طور که آثار بزرگ با گذر زمان هرروز از روز قبل ارزشمندتر می‌شوند، ارزشمندی هنر من نیز برای نسل‌های آینده، که هنوز پا بر روی کرهٔ خاکی نگذاشته‌اند و به حق، از ما انتظار رفتار خردمندانه‌تری دارند، نمایان خواهد شد و آن‌ها از من به‌عنوان اندیشمندی بزرگ و فیلسوف

زباله‌ها، یاد خواهند کرد.

اندیشیدن برای من مثل راه فراری است از زندگی نکبت‌باری که در میان انبوهی از زباله‌ها دارم و هرچقدر زباله‌ها کثیف‌تر و متعفن‌تر می‌شوند اندیشه‌های من پاک‌تر و متعالی‌تر می‌شود. من به هر تکهٔ زباله به‌عنوان شعری زیبا و یا جمله‌ای فلسفی نگاه می‌کنم و این‌گونه جمع‌آوری آن‌ها برای من لذت‌بخش می‌شود و سنگینی بار کیسه‌ای که بردوش دارم، مغزم را سرشار از اندیشه‌های زیبا می‌کند و به همین صورت نه تنها توانسته‌ام در طول این سال‌ها به دانشی عظیم دربارهٔ زندگی و اندیشهٔ بشر دست پیدا کنم بلکه انجام این کار سخت نیز برای من ممکن می‌شود چراکه زندگی در میان کودکانی که از هرگونه امکانات زندگی محروم هستند و دائم از عفونت‌های داخلی، دل‌درد و سوءتغذیه ناشی از زندگی میان زباله‌ها رنج می‌برند نه تنها کاری طاقت‌فرساست بلکه می‌تواند وجدان اخلاقی هر انسانی را در طول زمان از میان ببرد و من با اندوختن مداوم دانش و اخلاقیات با این فرسایش دائمی مقابله می‌کنم اما با این حال گاهی با دیدن دختربچه‌ای که شب هنگام خواب در آلونک‌هایی که در میان زباله‌دان‌ها ساخته بودند، از حملهٔ موش‌ها و اینکه چند جای بدنش را گاز گرفته بودند شکایت می‌کرد، به مرز فروپاشی اخلاقی می‌رسم.

من زباله‌گردی را انتخاب کرده‌ام زیرا معتقدم بشر، بیش از آنکه به اندیشیدن نیاز داشته باشد به پاکسازی نیاز دارد، زیرا در طی این سال‌ها هر اندیشه‌ای که متولد شده به تولید زبالهٔ بیشتر منتهی

شده است. اندیشه بدون تولید و بدون خلق کردن وجود ندارد، و آنچه اندیشه تولید می‌کند تنها به کثیف‌تر کردن زمین ختم می‌شود، زیرا اندیشه مدت‌هاست به‌عنوان نیروی محرک جامعهٔ صنعتی‌ای ایفای نقش می‌کند که پیشرفت را برابر با تولید بیشتر می‌داند. من زباله‌گردی را انتخاب کرده‌ام زیرا اعتقاد دارم این زباله‌ها نیستند که باید به‌عنوان چیزهای مخرب به آن نگاه کرد، بلکه این ذهن و اندیشهٔ بشر است که در طی سال‌های آینده، زمین را به زباله‌دانی بزرگ تبدیل خواهد کرد و زباله‌ها، تنها فرزندان ناخواندهٔ اندیشهٔ انسان صنعتی است و به همین خاطر مشکل طبیعت را باید در عمق اندیشهٔ انسان جست‌وجو کرد.

من برای این زباله‌گردی را انتخاب کرده‌ام زیرا اعتقاد دارم دیگر زمانهٔ اندیشیدن، زمانهٔ تولید آثار بزرگ فکری و شاهکارهای هنری و رمان‌های قطور و آثار موسیقی و نقاشی به پایان رسیده و زمانهٔ امروز، زمانهٔ تولید پلاستیک‌های یک‌بارمصرف، گازهای گلخانه‌ای و آلودگی‌های سرب و گوگرد اگزوز ماشین‌ها و دود کارخانه‌هایی است که قطر دودکش‌های آن گاه از قد یک انسان نیز فراتر می‌رود و آن‌ها بیست‌وچهار ساعت شبانه‌روز بدون خستگی و تعطیلی دودهای خطرناک و سمی را وارد هوایی می‌کنند که ما بیشتر از یک دقیقه بدون آن نمی‌توانیم زنده بمانیم. اگر روزی کار اندیشه تولید فکر بود، اکنون با تقلیل کارکرد خود به فکر سرعت بخشیدن به دستگاهی است که ظروف یک‌بار مصرف تولید می‌کند زیرا در نگاه اقتصادگرای بشر

معاصر، اندیشهٔ مجرد چیزی سبک‌تر از کاغذی است که دور یک ساندویچ عصرانه پیچیده می‌شود و این همان رویکردی است که از آن به‌عنوان ماتریالیسم یاد می‌شود. یعنی پر کردن خلاء اندیشه با ظروف یک‌بار مصرف پلاستیکی.

من به مددکارم به‌عنوان یک زباله‌گرد از آزادی اندیشهٔ بیشتری برخوردارم و می‌توانم تمام آنچه را که بشر تولید کرده، به‌عنوان زباله در نظر بگیرم و هر انسانی را یک زباله‌گرد می‌دانم. ما در میان انبوهی از زباله‌ها زندگی می‌کنیم و تنها نوع زباله‌هاست که با یکدیگر متفاوت است. بعضی زباله‌ها از جنس پلاستیک، کاغذ و فلز است و بعضی نیز از جنس موسیقی، شعر، فلسفه، معماری و تمام آنچه به‌عنوان هنر می‌شناسیم. زباله‌های فکر، هنر، دریافت انسان از طبیعت و محیط پیرامون نیست، بلکه فضولات آن است، زیرا آنچه بر روح تأثیر می‌گذارد هیچ اثر خارجی ندارد، پختگی آنجا اتفاق می‌افتد که انسان سکوت می‌کند، هنرمند بزرگ‌ترین اثر خود را وقتی خلق می‌کند که دیگر دست از کار می‌کشد. هر شاهکار هنری، اضافاتی است که از روح هنرمند تراشیده می‌شود تا او را بسان یک اثر منحصر به فرد که تنها خود او می‌تواند بزرگی‌اش را درک کند، در بیاورد. در فرایند اندیشیدن نیز چیزی شبیه فرایند تغذیه رخ می‌دهد که در آن مواد مغذی و مورد نیاز، جذب بدن می‌شود و مابقی به شکل فضولات از بدن خارج می‌شود و اگر بتوانیم سیستم فهم و ادراک بشر را مانند فرایند تغذیه در نظر بگیریم، آنچه جذب این سیستم می‌شود برای

رشد و بقای اندیشه لازم و ضروری است و آنچه بشر به‌عنوان محصول فرایند اندیشیدن می‌انگارد، درواقع همان فضولات و مواد هضم نشدهٔ آن است.

با این نگاه تمامی آنچه ما به‌عنوان دانش بشری می‌انگاریم، موهوماتی است که به صورت هضم نشده از قوهٔ تفکر او خارج شده و بر این اصل اشاره دارد که بشر در فرایند فهم، همچون فرایند زندگی تنهاست و کسی نمی‌تواند در فهم جهان به دیگری کمکی کند و این بالاترین بُعد تنهایی در زندگی انسان است. چراکه یک انسان، هرقدر خوش‌فکر و خوش‌سخن و یا کوتاه‌فکر و سطحی، هیچ‌وقت نمی‌تواند به طور کامل درک شود. درست شبیه لالی که با حرکات دست، سعی در خواندن یک آواز دارد. آنچه خالق یک اثر یا اندیشه در ذهن دارد، چیزی بسیار متفاوت با اثری است که او خلق می‌کند و اندیشهٔ واقعی را نمی‌توان با قلم یا ماشین چاپ بر روی کاغذ پیاده کرد و آنچه طی سال‌ها دانش بشری گرد آمده، کج‌فهمی‌هایی است که بر کج‌فهمی‌های دیگر سوار شده و این هیبت ناموزون دانش بشری را پدید آورده که تنها با این قدرت ذهن در معنا بخشیدن و ایجاد ارتباط بین موضوعات نامرتبط قابل درک است. یا نه، آنچه انسان به‌عنوان اندیشیدن می‌پندارد تنها محصول ثانوی آن است و اندیشه با سرگرم کردن انسان به شعر، موسیقی و فلسفه، گویی به این کودک نوپا آب‌نباتی چوبی می‌دهد تا او را ساکت نگاه دارد و او را از سؤال پرسیدن درباره مسائل مهم‌تر برحذر دارد. مثلاً اینکه انسان

تنها یک خانه و سکونت‌گاه دارد و این خانه با سرعتی شگفت‌انگیز رو به ویرانی است. علم و فناوری پیش از آنکه راهی برای سکونت تمامی انسان‌ها در جایی دیگر پیدا کند، این خانه زودتر ویران خواهد شد. هنر معماری و نقاشی، به انسان می‌آموزد به زیباسازی خانه‌ای بپردازد که پایه‌های آن سست شده و هر لحظه امکان فروریختن آن وجود دارد اما انسان چنان مجذوب تماشای این نقش و نگارها شده که قادر به دیدن آن حقیقت تلخ نیست.

من تمام عمرم را زباله‌گردی کرده‌ام و در این مدت مانند یک قدیس زندگی کردم. زباله‌گردی برای من مانند مراسم‌های مذهبی است که برای پاک‌کردن ذهنم از آلودگی‌ها انجام می‌دهم. من تمامی لباس‌هایی که می‌پوشم و تمامی وسایل مورد نیازم را از میان سطل‌های زباله پیدا می‌کنم، بدنم با این سبک زندگی کاملا خو گرفته و هرگاه داخل سطلی زباله، کفشی بزرگ‌تر از اندازهٔ پایم پیدا می‌کنم، پاهایم کش می‌آید تا کفش از پایم بیرون نیاید و اگر کفشی کوچک‌تر پیدا کنم پاهایم جمع می‌شود و به اندازهٔ کفش درمی‌آید، آن‌قدر لباس‌های جورواجور به تنم کرده‌ام که متخصصین مد و لباس می‌توانند از طرز لباس پوشیدنم برای ایده‌های پوشاک و مد استفاده کنند و به مدد همین زندگی قدیس‌وار، دانش زیادی کسب کرده‌ام.

زباله‌گردی را از کودکی آموختم، از زمانی که پدرم در یک کارگاه کار می‌کرد که ته‌ماندهٔ خاک کوره‌های ریخته‌گری را با کامیون‌های بزرگ به آنجا می‌آوردند و در محوطهٔ کارگاه خالی می‌کردند. چند کارگر

مجهـز بـه آهن‌ربـاهای دسـتی و چترهایـی کـه بـرای محافظـت از آفتـاب روی سرشـان نصـب کـرده بودنـد، برادهـها و تکه‌هـای ریـز آهـنی را از میان خاک‌ها جمع می‌کردند و داخـل تشت‌هایی کـه در کنارشان بـود، می‌ریختنـد و بعـد آن‌هـا را وزن می‌کردنـد تـا در قبـال آن پـول بگیرنـد و بعـد آن خاک‌آهن‌هـا را بـار ماشـین می‌کردنـد و بـه کوره‌هـای ذوب می‌فرسـتادند تـا دوبـاره آن‌هـا را ذوب کننـد و از آن‌هـا قطعـات صنعتی بسـازند و مـن کـه آن‌وقت‌هـا همـراه پدرم سـر کارش می‌رفتـم، فهمیـدم چیزهای دورریختنی و بدرد نخـور تا چه انـدازه می‌توانـد ارزشمنـد و مفیـد باشـد. از همـان وقت‌هـا بـود کـه موقـع برگشـت بـه خانـه، وقتی پشـت تـرک دوچرخـهٔ پدرم می‌نشسـتم حواسـم کنار خیابان‌هـا و جوی‌هـای آب بـود، وقتی چشـمم به زبالـه‌ای بازیافتی می‌افتـاد، آن را برمی‌داشتـم و داخـل خورجینـی کـه روی دوچرخـه بـود می‌انداختـم. همـان موقع‌هـا پدرم بـه مـن یـاد داد کـه مثلاً جنـس این زبالـه از پلاسـتیک اسـت و آن دیگری آهن و اینکه آلومینیوم از آهن سـبک‌تر ولی ارزشمندتر اسـت و اگـر سـیم‌های بـرق را آتـش بـزنم سـیم‌های مسـی داخـل آن را می‌توانم بـه قیمـت خـوبی بفروشـم و پـدرم بـه مـن افتخـار می‌کرد و می‌گفت در آینـده آدم مهمی خواهـم شـد و مـن آن‌وقت‌هـا در ذهـن کودکانـه‌ام بـه امپراطـوری بزرگی فکـر می‌کردم کـه می‌خواسـتم با جمـع کـردن ایـن زبالـه‌هـا بـرای خـودم بسـازم.

در روزهـای تعطیـل کـه پدرم سـر کار نمی‌رفت، بـا آهن‌ربایـی کـه از بلندگـوی یـک رادیـوی اسـقاطی جـدا کـرده بـودم و نخی کـه بـه آن

وصل کرده بودم و انتهای نخ را مانند قلاب ماهیگیری به یک تکه چوب وصل کرده بودم، در کنارجوی‌های آب راه می‌رفتم و قلاب آهن‌ربایی‌ام را کف جوی آب می‌فرستادم تا قطعات آهنی و پیچ و مهره‌های زنگ‌زدهٔ کف جوی آب را با آهن‌ربا شکار کنم و آن‌ها را داخل کیسه‌ای پلاستیکی که با نخ به کمرم بسته بودم می‌انداختم و آن‌ها را به خانه می‌بردم و داخل صندوقچه‌ای چوبی در انبار خانه می‌انداختم. پیچ و مهره‌هایی که کاربرد هیچ‌کدامشان را نمی‌دانستم و بعدها فهمیدم که همین پیچ و مهره‌ها قطعات اصلی سازندهٔ تمدن بشر امروزی است که حالا از کار افتاده و در کف جوی‌ها رها شده است.

گاهی که از شدت راه رفتن پاهایم درمی‌گرفت پاچه‌های شلوارم را تا می‌زدم و با دو پا یک مرتبه داخل جوی آب می‌پریدم. سردی آب، درد پایم را مثل حرارت فلزی گداخته که یک مرتبه داخل آب بیاندازند تسکین می‌داد. آن وقت خم می‌شدم و با دست در میان خزه‌ها و جلبک‌های کف جوی به دنبال چیزهای به‌دردبخور می‌گشتم و گاهی که شانس با من یار بود از داخل جوی سکه‌ای زنگ زده پیدا می‌کردم، آن وقت ذوق‌زده از داخل جوی آب بیرون می‌پریدم، سکه را تا جایی که می‌شد با پیراهنم پاک می‌کردم و به نزدیک‌ترین دکانی که می‌رسیدم، با آن یک بستنی میوه‌ای می‌خریدم و زیر سایهٔ درختی می‌نشستم و بستنی‌ام را لیس می‌زدم و بعد دوباره به کارم، به دنبال چیزهای فراموش شده می‌گشتم.

بعدها که پدرم رفت، دوچرخه‌اش را، تنها چیزی که برایم به ارث گذاشت، تعمیر و ترتمیز و روغن‌کاری کردم و یک خورجین بزرگ‌تر روی آن گذاشتم و با آن در کوچه‌ها و خیابان‌ها می‌گشتم و زباله‌های ضایعاتی را جمع می‌کردم و داخل انبار خانه روی هم می‌ریختم و اولین باری که انبار خانه از زباله پر شده بود و دیگر جا برای زباله‌های بیشتر نبود، یک خریدار زباله پیدا کردم و او یک ماشین باری بزرگ آورد و تمامی زباله‌هایم را داخل آن جای داد و من هم همراه او به انبار ضایعاتش رفتم و در آنجا بود که برای اولین بار یک انبار ضایعات بزرگ دیدم که کوه‌هایی از زباله را روی هم انباشته کرده بودند و من آنجا بود که فهمیدم چقدر می‌توانم کارم را بزرگ‌تر انجام دهم و با پولی که از فروش زباله‌ها و دوچرخه‌ام روی هم گذاشتم، در بیرون شهر یک انبار بزرگ اجاره کردم، وسایل خانه‌ام را به اتاق کوچک داخل انبار انتقال دادم و از آن به بعد آنجا را به‌عنوان محل زندگی‌ام انتخاب کردم.

۲

من تمـام عمـرم را صرف گشـتن میـان زباله‌هـا کرده‌ام و در ایـن مـدت در میان زباله‌هـا به چیزهای ارزشمند زیادی برخوردم. گاهی در میان زباله‌هـا به کتاب یا ضبط صـوت قدیمی یا جعبه‌ای پر از نوارهای موسیقی یـا مجله‌ای از عکس‌هـای طبیعـت که بـا آن دیوارهـای اتاقم را تزئین کـردم، یا کیف پـول و لباس‌هایی که فرامـوش کرده بودنـد جیب‌هـای آن را خـالی کننـد، برمی‌خـوردم. همیشـه یک کیسهٔ کوچک همراهم دارم تا اگر چیز به‌دردبخوری پیدا کنم که بتوانـم از آن استفادهٔ شـخصی کنـم، آن را داخـل کیسهٔ کوچک می‌اندازم و آن‌ها را جداگانه داخـل کمدی در انبـارم نگه می‌دارم.

یـک روز همین‌طور که داخـل یکی از سطل‌های زباله تا کمر خـم شـده بـودم و مشـغول گشـتن بـودم به یـک کیسهٔ نایلـونی سـیاه‌رنگ

برخـوردم، طبـق عـادت آن را برداشـتم و داخـل آن را نـگاه کردم و بعد، انگار که باارزش‌ترین چیز را در تمام مدت کارم پیدا کرده باشم، ابتدا خیره مدتی به آن نگاه کردم و بعد که جرأت کردم دست بردم داخل کیسـه و از درون آن نـوزادی بیـرون آوردم کـه دسـت‌هایش را صلیب‌وار روی سـینه گذاشته بود و نافش دور ران و ساق پایش پیچیده بود و ماننـد جنینـی در داخـل شـکم جمـع شـده بـود. بدنـش هنـوز حـرارت و گرمی داشت و لبخندی روی لب‌هایش خشـکیده بـود کـه بـه زحمت می‌شـد آن را تشـخیص داد. وزنـش کمـی بیشـتر از سـاندویچی بـود کـه هـر روز داخـل انبار، بـا گوجـه فرنگی و سیب‌زمینی آب‌پز برای خـودم می‌پیچـم و بـا خـود می‌آورم تا هروقت گرسنه‌ام شد یک گاز به آن بزنم.

همین‌طـور مبهـوت بـه نـوزاد نـگاه می‌کردم، نمی‌شـد دوبـاره او را داخـل سطل زباله بیاندازم، مـن کـه تمـام عمـرم را بـه جمـع کردن زباله گذرانـده بـودم و بـه واسطهٔ انجـام ایـن شـغل خـودم را انسـانی اخـلاقی می‌پنداشـتم، حـالا نـوزادی را میـان زباله‌هـا پیـدا کـرده بـودم کـه بـرای مـن تمثیلی واقعی از نسـلی بـود کـه قرار است بعد از مـا در میان همین زباله‌ها زندگی کند، نسـلی کـه بایـد تاوان کاری را کـه ما انجام دادیم، بـا زندگی‌اش بپردازد. تصمیم گرفتم او را بـه کارگاهم ببرم و در یک گوشه، قبـری بـرای او حفـر کنـم و او را آنجـا دفن کنم. دستمالی را کـه بـه خاطـر کمردرد دور کمرم بسته‌بودم، باز کردم و نوزاد را داخل آن پیچیدم و دو طرف دستمال را به هم گره زدم و دور گردنم انداختم و بـه سمت کارگاهم حرکت کردم، اما همیـن کـه چند قدمی حرکت کردم به این فکر کردم

که شاید هنوز زود باشد با دوست جدیدم خداحافظی کنم و حالا که تا اینجا آمده، بهتر است او را با خودم به یک گردش در شهر ببرم و همین‌طور که کارم را به او نشان می‌دهم، مانند یک راوی برایش از زندگی‌ای بگویم که اگر زنده بود خودش تجربه می‌کرد، تنها به‌عنوان یک راوی، چرا که من خود را در فرایند زندگی با همهٔ انسان‌هایی که روزانه از مقابل هزاران نفرشان عبور می‌کنم شریک نمی‌دانم.

حالا من دوست جدیدم را، مسافر کوچکی که چند روزی مهمان ما بوده و حالا باید او را بدرقه می‌کردم، داخل دستمال دور گردنم انداختم و مثل یک راهنمای تورهای گردشگری برایش از زندگی مردمانی می‌گفتم که چگونه صبح تا شب در کارگاه‌ها، کارخانه‌ها، اداره‌ها یا در دکان‌ها و بازارها به کار مشغول بودند و اگر دوست کوچکم هم این شانس را می‌داشت که مثل یکی از آن‌ها زندگی می‌کرد باید به مدرسه و دانشگاه می‌رفت و شغلی مثل آن‌ها برمی‌گزید و من برایش می‌گفتم که چقدر زندگی این افراد کسل‌کننده است و ترجیح می‌دادم این دوست جدیدم را به‌عنوان شاگرد پیش خودم تربیت می‌کردم و راه و رسم زباله‌گردی را به او می‌آموختم و به او یاد می‌دادم چگونه با انجام این کار به آدم مفیدتری برای جامعه تبدیل می‌شود.

من بیشتر از آنکه دلواپس این دوست جدیدم باشم نگران بقیهٔ کودکانی بودم که قرار بود بعد از او به دنیا بیایند چرا که این نوزاد که تنها کمی بزرگ‌تر از ساندویچی بود که من هر روز برای ناهار خود می‌پیچم، نمایندهٔ نسلی است که قرار است زندگی‌اش را در میان

همین زباله‌ها آغاز کند و من به‌عنوان یک زباله‌گرد و به‌عنوان یک راهنما، این وظیفه را بر دوش خود احساس می‌کردم که او را در این تور سیاحتی همراهی کنم، پس همین‌طور که کیسه زباله‌ام را بر دوش می‌کشیدم برای این نوزاد از جامعه‌ای گفتم که تمام فعالیتش، از کسبه و کارمند و کارگر تا طبقهٔ تحصیل‌کرده و دانشگاهی، به سطل‌های زباله‌ای ختم می‌شود که من تمامی آن‌ها را بارها و بارها در طول زندگی گشته‌ام و در تمام مدت، چیزی که به من امید بدهد و مرا شاد کند، پیدا نکرده‌ام. و خیلی دوست داشتم که این نوزاد زنده بود و او را به‌عنوان شاگردم بزرگ می‌کردم و از همان کودکی، همان‌طور که پدرم زباله‌گردی را به من یاد داد، به او یاد می‌دادم چطور می‌تواند با گشتن میان زباله‌ها، به انسانی اخلاقی‌تر و بهتر تبدیل شود تا با دانشگاه رفتن و درس خواندن و امیدوار باشم تا شاگردم نیز مثل من راه من را ادامه دهد تا شاید او بتواند زندگی انسان نسل آینده را نجات دهد.

درحالی‌که کیسه زباله‌ام را بر دوش و دوست کوچکم را در آغوش داشتم، مسیر هر روزه‌ام را می‌رفتم، دوست کوچکم، پیش از آن که کامل سیاه بشود و بو بگیرد، هنوز چند ساعتی وقت داشت و من می‌توانستم در همین چند ساعت از بودن در کنار او لذت ببرم. منی که در تمام عمرم هیچ دوستی نداشته‌ام حالا دوستی پیدا کرده بودم که می‌توانست بدون اینکه کلمه‌ای حرف بزند، مانند مسیح کودک به حرف‌های من، یا به اعترافات من گوش بدهد. برای من که در تمام

عمرم کسی را نداشته‌ام تا با من حرف بزند و یا به حرفهای من گوش بدهد، این فرصت کوتاه مغتنم بود تا برایش از تمام دانشی بگویم که در این سال‌ها در ذهنم انباشته بودم و من که می‌ترسیدم دیگر چنین فرصتی به دست نیاورم به سرعت برایش از همه دردها و رنج‌های بزرگی می‌گفتم که در این سال‌ها همچون کیسهٔ زباله‌ای که بر پشتم حمل می‌کردم آن‌ها را همراه خود به این سو و آن سو می‌کشاندم و گاهی پارچه را کنار می‌زدم که ببینم او به حرف‌های من گوش می‌دهد یا نه و وقتی می‌دیدم که او مانند یک شاگرد خوب به همهٔ حرف‌هایم گوش می‌دهد من باز ادامه می‌دادم.

بچه‌ها را دوست دارم، وقتی هنگام زباله‌گردی به گروهی از بچه‌ها می‌رسم که در حال بازی هستند، کیسه‌ام را روی زمین می‌گذارم و روی آن می‌نشینم و بازی آن‌ها را تماشا می‌کنم. وقتی در حومهٔ شهر مشغول پرسه‌زنی هستم، آنجا که کودکان به دلیل تربیت خانوادگی گستاخ‌تر از کودکان مناطق بالای شهر هستند، به گروهی از کودکان برمی‌خورم که تا من را می‌بینند، انگار که سرگرمی بهتری پیدا کرده باشند، بازی‌شان را رها می‌کنند و دور من حلقه می‌زنند، دو تای آن‌ها کیسهٔ زباله‌ام را از دوشم می‌گیرند و بعد دو تای دیگرشان دست من را می‌گیرند و به وسط میدانی می‌برند که در آن بازی می‌کنند و یکی از آن‌ها با یک جعبه میوه گندیده که از جلوی یک میوه‌فروشی قاپ زده به وسط میدان می‌آیند. آن وقت بچه‌ها همگی پشت سر هم در یک صف می‌ایستند و من که یاد گرفته‌ام نباید از جایم

تکان بخورم، چون اگر بخواهم فرار کنم، بچه‌ها با سنگ و چوب به دنبالم خواهند آمد و آن‌وقت بازیشان برای من دردناک‌تر خواهد شد. پس همان‌طور آنجا می‌ایستم و به آن‌ها نگاه می‌کنم و بعد آن‌ها یکی‌یکی میوه‌ها را به سمت من شلیک می‌کنند و چند ثانیه بیشتر طول نمی‌کشد که از تمام سر و صورت و لباس‌هایم آب و تفالهٔ میوه سرازیر می‌شود و بعد که بچه‌ها کارشان با میوه‌های گندیده تمام شد، همگی به یک‌باره به سمت خانه‌هایشان می‌دوند و چند لحظه بعد با پلاستیک‌هایی که داخل آن زباله‌های خانگی بازیافتی است که برای من به‌عنوان جایزه و دستمزد جمع کرده‌اند، به سمت من می‌آیند و تمام آن‌ها را داخل کیسه‌ام می‌اندازند و به من می‌دهند. کودکانی که توأمان مهربانند و ستمگر. هم هابیل‌اند و هم قابیل و من خوشحال از این تجارتی که کرده‌ام، بعد از آن که با خاک لباس‌هایم را تمیز کردم، بچه‌ها را با آن شیطنت‌های معصومانه اما دردناک‌شان ترک می‌کنم.

روی یک نیمکت نشستم و از داخل دستمالم ساندویچم را بیرون آوردم تا چند لقمه از آن بخورم اما همین‌که خواستم به آن گاز بزنم دیدم که آن نوزاد را به جای ساندویچ اشتباهی بیرون آورده‌ام و اگر حواسم را زود جمع نمی‌کردم ممکن بود یک گاز از او بزنم. به چهرهٔ معصوم کودک نگاه کردم، کودکی که همچون آدم، گناه‌کار به دنیا آمده بود و من باید برای پاک کردن این گناه، هرروز سطل‌های زباله را یکی‌یکی بگردم تا گناه بشر را به خاطر آلوده کردن زمین پاک کنم.

بدون شک زباله‌ها گناه واپسین انسان خواهد بود. من در تمامی این سال‌ها با برداشتن هر بطری پلاستیکی در دلم اشک می‌ریختم. نگاه‌های تحقیرآمیز وگاه همراه ترحم مردم را که به من همچون یک بیماری در زندگی شهری نگاه می‌کنند با لبخندی تلخ به خودشان برمی‌گردانم چرا که می‌دانم اگر کسی لایق ترحم باشد، انسان فاقد اندیشهٔ درست و حسابی است. من در همهٔ این سال‌ها داخل کیسهٔ زباله‌ام، علاوه بر بطری، کاغذ و پلاستیک، سنگینی بی‌حسی و خلاء اندیشه در زندگی همین انسان‌ها را نیز بر پشتم حمل کرده‌ام و به خاطر همین سنگینی، دکتری که گاهی برای درد کمر به او مراجعه می‌کنم احتمال داد دچار دیسک کمر شده‌ام و باید کارم را رها کنم، اما من با دستمالی که دور کمرم می‌بندم، تا جایی که بتوانم این وظیفه را انجام می‌دهم.

در فرصت کمی که داشتم، برای این نوزاد از عشق و محبتی گفتم که روزگاری میان انسان و جهان پیرامونش برقرار بود و اگر کسی می‌خواست مرز بین انسان و محیط را مشخص کند به مشکلی بزرگ برمی‌خورد چرا که انسان چنان با طبیعت اطرافش عجین شده بود که تشخیص مرز آن بسیار سخت بود. برایش از همهٔ فیلسوفانی گفتم که تمام عمر خود را صرف شناختن جهان کرده بودند و حالا پیش از آنکه بتوانند به درک درستی از آن برسند، مجبورند خانهٔ خود، که نه تنها به آن‌ها زندگی بخشیده، بلکه فکر و اندیشهٔ او را نیز پرورش داده، رها کرده و به دنبال خانهٔ جدید بگردند.

نزدیک غروب که کیسه‌ام پر شد، با اکراه به سمت انبارم حرکت کردم، از اینکه مجبور بودم با دوست جدیدم خداحافظی کنم غمگین بودم. سفر ما به پایان خود رسیده بود و من وقتی به انبارم رسیدم، آن‌قدر بی‌رمق شده بودم که پاهایم روی زمین کشیده می‌شد. جست‌وجو میان زباله‌ها نه تنها فعالیتی تن‌فرساست، بلکه به قلبی سرشار از عاطفه و وجدان اخلاقی نیازمند است. دو سه کودک زباله‌گرد کنار در ورودی کارگاهم نشسته بودند و کیسه‌هایی به دست داشتند که داخل آن زباله جمع می‌کردند. عادتشان بود که نزدیک غروب کنار در ورودی کارگاهم بنشینند تا من آخرین بار کیسه‌ام را بینشان تقسیم کنم. آن‌ها زباله‌گردهای اجاره‌ای بودند که در قبال دستمزد مشخص هرروز به کار مشغول بودند و تنها زمانی می‌توانستند به خانه برگردند که به اندازه کافی زباله جمع کرده باشند و هر وقت در این کار موفق نبودند آنجا منتظر می‌نشستند و من محتویات کیسه‌ام را بین آن‌ها تقسیم می‌کردم.

دستمالی که نوزاد را داخل آن پیچیده بودم، روی زمین گذاشتم و با کلنگ گودال کوچکی در گوشه‌ای از انبار حفر کردم و نوزاد را داخلش گذاشتم. مدتی به نوزاد نگاه کردم، انگار داشت به من لبخند می‌زد و اگر زبان داشت برای این تور یک روزه و همهٔ صحبت‌هایی که میان ما رد و بدل شد تشکر می‌کرد. در تمام مدتی که با او بودم به این فکر نکردم که چرا این کودک را داخل سطل زباله انداخته بودند و اصلاً پدر و مادر این کودک چه کسانی بودند و بعد دیدم باید مراسم

تشریفاتی دفن این نوزاد را انجام بدهم. نمی‌دانستم چه‌کار باید انجام دهم چشم‌هایم را بستم و چند قطره اشک برایش ریختم و به آرامی با دست رویش خاک ریختم و به حقارت انسانی فکر کردم که می‌شود آن را داخل یک گودال کوچک جا داد، اما زمینی پهناور و وسیع دیگر گنجایش او را ندارد.

٣

شب‌ها نمی‌توانستم بخوابم. روی تختی که در گوشه‌ای از کارگاه گذاشته بودم دراز می‌کشیدم و به آسمان و ستاره‌های بالای سرم نگاه می‌کردم، جایی که اگر زباله‌هایی را که از ماهواره‌های متلاشی شده برجای مانده و با سرعت زیاد در مدار زمین در گردش هستند در نظر نگیریم، تنها جایی است که هنوز توسط بشر آلوده نشده است. در طول این سال‌ها، هرجایی که اندیشهٔ بشر توانسته نفوذ کند، آلودگی و زباله نیز به آنجا راه یافته است، و آسمان، اگر ضایعات ماهواره‌های فضایی را در نظر نگیریم تنها جایی است که هنوز به دست بشر آلوده نشده، اما این موجود بسیار باهوش، نمی‌تواند آرام بگیرد و با پیشرفت فناوری در آینده‌ای که نه فقط نسل بعد، بلکه نسل حاضر هم ممکن است به چشم ببیند، آلودگی و زباله را مانند ویروسی کشنده

با خود به پهنهٔ کهکشان‌ها خواهد برد. انسان یگانه موجودی است که از خود چیزی بر جای می‌گذارد و زباله‌ها بیشترین حجم این بازمانده‌های بشری را تشکیل می‌دهند. اگر تمامی دانش بشری را از ابتدای تاریخ انسان، تاکنون به صورت کتاب جمع کنیم، می‌توان آن را در فضایی کم‌تر از یک استادیوم فوتبال جای داد، اما همین انسان در کرهٔ زمین زباله‌هایی تولید می‌کند که روزانه صدها استادیوم فوتبال را پر می‌کند.

غفلت و به خواب‌زدگی، بزرگ‌ترین درد جوامع امروز بشری است. غفلتی که نه به شکل رخوت و سستی، بلکه به صورتی فعال در حال فعالیت است. کمپانی‌های پوشاک، مد و لوازم آرایشی، شرکت‌های تولیدکنندهٔ لوازم ریز و درشت خانگی، غول‌های فناوری، رایانه و تلفن همراه، با سوءاستفاده از غفلت بشر، تولیدات خود را وارد بازار می‌کنند و هم‌زمان، مدیران تبلیغات و بازاریابی این فکر را در ذهن انسان‌ها می‌کارند که آن‌ها در یک ماراتن سخت حضور دارند و برای عقب نیفتادن از زندگی پرشتاب ماشینی باید همواره، به‌روزترین محصولات این شرکت‌ها را خریداری کنند. اینترنت و شبکه‌های ارتباط جمعی به جای تبدیل شدن به محلی برای تبادل اندیشه و فکر، به مصرف‌گرایی بشر دامن می‌زند و اگر در گذشته، کالایی را که هنرمند و مدلی خاص در منطقه‌ای ثروتمند مصرف می‌کرد، حالا مشابه و یا بدل آن توسط افرادی در منطقه‌ای دورافتاده نیز مصرف می‌شود. اگر معیار تعویض یک کالا در گذشته از کارافتاده بودن آن

بود، حالا این معیار تغییر یافته و به محض ورود کالایی جدید، کالای قبلی بلااستفاده تلقی می‌شود و این همان اهرمی است که شرکت‌های بزرگ برای فروش محصولشان از آن استفاده می‌کنند.

من همان‌طور که به آسمان و ستاره‌های بالای سرم نگاه می‌کردم و غرق در افکار خودم بودم، مواظب بودم زباله‌دزدها که گاه و بیگاه از دیوارهای نه‌چندان بلند انبارم بالا می‌آیند و به داخل انبارم می‌پرند، زباله‌هایم را ندزدند. گاهی که پلک‌هایم سنگین می‌شد و خواب به سراغم می‌آمد، در حالت نیمه‌بیداری، صدای پر کردن یک کیسه از تل زباله‌هایی که روی هم انباشته بودم به گوشم می‌رسید، آن‌وقت از خواب می‌پریدم و با فریادی بلند زباله‌دزدها را فراری می‌دادم. آن‌ها هم به سرعت کیسه‌هایشان را بغل می‌کردند و از جایی که دیوار ارتفاع کم‌تری دارد به آن‌طرف می‌پریدند، اما می‌دانستم آن‌ها جایی پشت دیوار کمین کرده‌اند تا دوباره خوابم ببرد و دوباره به این طرف دیوار بپرند و به غارت زباله‌هایم بپردازند. به همین خاطر سعی می‌کردم شب‌ها تا جایی که بتوانم بیدار بمانم و برای اینکه خوابم نبرد به آسمان بالای سرم چشم بدوزم. به ستاره‌های بیشماری که در هیئت‌های عجیب و غریب در آسمان گرد هم جمع شده بودند و در آن ساعت تاریکی شب به روشنی چراغ‌های شهر در آسمان چشمک می‌زدند. از کتابی که دربارهٔ ستارگان و صورت‌های فلکی از میان زباله‌ها پیدا کرده بودم، صورت‌های فلکی را یکی‌یکی پیدا می‌کردم. دب اکبر، میزان، جوزا و شکارچی آسمان و بعد به سراغ صورت فلکی

مورد علاقه‌ام می‌رفتم. خوشهٔ پروین، یا ثریا که در افسانه‌های باستان دختران اطلس نیرومند بودند که اوریون یا صورت فلکی شکارچی به دنبالشان بود و آن‌ها برای فرار از دست او به صورت هفت کبوتر درآمدند و به آسمان پرکشیدند و یا در افسانه‌هایی دیگر آمده که آن‌ها هفت دختر بودند که نیمه شب به بیابان رفتند و به رقص پرداختند، گروهی خرس به آن‌ها حمله کرد و آن‌ها به بالای سنگی رفتند و از خدای سنگ‌ها خواستند که آن‌ها را نجات دهد و خدای سنگ آن‌ها را به بالا کشید و در آسمان جای داد. اما من به‌عنوان انسانی نیمه‌روشنفکر به افسانه‌ها باور ندارم، از نظر من خوشهٔ پروین زباله‌گرد پیری است که با توبرهٔ بزرگی که بر پشت می‌اندازد در پهنهٔ آسمان می‌چرخد و آنگاه ستاره‌های پیر و فرتوت و در حال مرگ، و سنگ‌ها و شهاب‌های معلق در آسمان را مانند زباله‌هایی که من هر روز داخل کیسه‌ام جمع می‌کنم، در توبره‌اش می‌اندازد و برای بازیافت می‌برد تا از آن‌ها دوباره ستاره‌های نو بسازد و بعد انگار ستاره‌های دیگر را می‌دیدم که با پوزخند و تمسخر زباله‌گرد آسمان را به هم نشان می‌دادند و او را ولگرد کثیف می‌خواندند، اما او بدون آنکه از حرف آن‌ها آزرده شود، مانند من، با متانت به کار خودش و به زباله‌گردی‌های شبانه‌اش ادامه می‌داد.

همهٔ هستی در حال مرگ است و من که خوب نگاه می‌کردم می‌دیدم توبرهٔ زباله‌گرد آسمان، انگار از شب‌های قبل سنگین‌تر شده و او سخت‌تر از شب قبل، بارش را در آسمان به دوش می‌کشد و

ردی از نورهای کوچک در حال مرگ پشت سرش بر جای می‌گذارد و خیلی طول نخواهد کشید که او دیگر توانایی این کار را از دست بدهد و آن‌وقت نیروی مرگ ستاره‌ها را یکی‌یکی در کام مرگ فرو ببرد، آن وقت آسمان هر شب از قبل تاریک‌تر خواهد شد تا اینکه یک شب تاریکی تمام پهنهٔ شب را در بربگیرد و من به همین خاطر هر روز سخت‌تر از قبل به کارم و به جمع‌آوری زباله‌ها ادامه می‌دادم تا این‌گونه بر نیروی مرگ که هر روز قدرتش بیشتر می‌شود غلبه کنم.

صدای زباله‌دزدها دوباره مرا از آسمان به زمین می‌کشاند. این‌ها دزدهای قابل ترحمی هستند که شب‌ها به انبارهای ضایعات دستبرد می‌زنند و هر چیزی که بتوانند را داخل توبره‌هایشان می‌اندازند و روز بعد دوباره این زباله‌ها را به انبارهای ضایعات می‌فروشند. و من هر شب بین زمین و آسمان در رفت‌وآمد هستم و این مسیر را بارها می‌پیمایم. گاهی چون فیلسوفان گذشته، به آسمان سفر می‌کنم. به مابعدالطبیعه و به اکتشاف اسرار آسمان‌ها می‌پردازم و گاه چون دانشمندان عصر حاضر، به زمین و آنچه قابل تجربه و حس کردن است میخ‌کوب می‌شوم. انسان همواره چشم به آسمان داشته و رؤیای تسخیر آسمان را در سر پرورانده است اما من دوست دارم به شکلی متفاوت به مسائل نگاه کنم. آیا نمی‌شود بشر در تمام این سال‌ها اشتباه کرده باشد؟ آیا نگاه اندیشه به آسمان تلاش او برای بازگشت به خانه‌اش نبوده است؟ آیا ممکن نیست مغز که وظیفهٔ اندیشیدن را بر عهده دارد، میهمانی باشد که از سیاره‌ای دیگر به زمین سفر کرده

و برای بقا، به صورت موجودی انگل در بدن یک نخستی جا خوش کرده و کنترل او را بر عهده گرفته باشد؟ و اینکه اندیشه خواستگاهش نه زمین بلکه آسمان است به همهٔ سؤالات ما دربارهٔ منشاء متافیزیک پاسخ نمی‌دهد؟ مغز خودخواهانه با مصرف بیشترین انرژی، نه تنها پرمصرف‌ترین اندام بدن است، بلکه فعالیت او هزینهٔ بسیار سنگینی را نیز به طبیعت متحمل کرده و انگار اصلاً برایش اهمیتی ندارد که چه بر سر این کرهٔ خاکی خواهد آمد، زیرا او برای مصرف کردن تمامی منابع زمین به این کره سفر کرده و حالا که این منابع رو به پایان است به فکر فرار از زمین افتاده و سعی دارد با ساختن تجهیزات فضایی به سراغ منابع دیگری برای غارت برود.

این منحصر به فرد بودن اندیشه، توانایی‌ای که تاکنون بر روی زمین سابقه‌ای نداشته، به او این قدرت را بخشیده است که خیلی زودتر از آنکه جسم انسان بتواند از زمین جدا شود، با ساخت تلسکوپ‌های غول‌آسا، پهنهٔ آسمان‌ها را برای زیستگاهی دیگر طی کند تا روزی که دیگر زمین جایگاهی برای زندگانی نیست، این میزبان خود که هزاران سال در درون او می‌زیسته را با خود از زمین ببرد، و یا نه، او را در روی زمین در حال مرگ باقی بگذارد و با تجهیزاتی که به کمک بشر ساخته، این سیاره را برای همیشه ترک کند. بشر امروز با افتخار درباره هوش مصنوعی سخن می‌گوید، بی‌آنکه به این موضوع فکر کند که این ابزار در حال تکامل، تنها برای کاهش هزینهٔ جانبی‌ای است که انسان برای هوشمندی می‌تراشد و با توسعهٔ

هوش مصنوعی وجود انسان دیگر صرفهٔ اقتصادی ندارد. این‌ها افکاری است که هر شب وقتی چشم به آسمان می‌دوزم در ذهنم مدام گردش می‌کند. می‌اندیشم پس هستم، ضمیر این فعل دیگر به انسان برنمی‌گردد، چراکه اندیشه خودخواهانه انسان را از دایرهٔ بودن بیرون می‌نهد. انسان هوشمند، حاصل ترکیب دو نوع زیست متفاوت است، اندیشه، به‌عنوان فرمانده و کنترل‌کننده و انسان که مانند برده در اختیار این موجود هوشمند قرار گرفته است.

چوب‌دستی‌ای را که در کنار تختم گذاشتم برمی‌دارم و با داد و فریاد به سمت زباله‌دزدهایی می‌دوم که حالا با سوءاستفاده از خیالات من، کیسه‌هایشان را پر از زباله کرده‌اند و با سر و صدای من کیسه‌هایشان را بغل می‌کنند و به آن طرف دیوار می‌پرند. کمی صبر می‌کنم تا اگر بازگشتند غافلگیرشان کنم، اما دیگر سر و کله‌شان پیدا نمی‌شود. برمی‌گردم و دراز می‌کشم و منتظر می‌مانم و در تاریکی انبار به دیوار چشم می‌دوزم. انگار کارشان را برای امشب تمام کرده‌اند و به آلونک‌هایشان پناه برده‌اند و با غنیمت‌هایی که به دست آورده‌اند جشن می‌گیرند. زباله‌گرد آسمان نیز به انتهای مسیر خود رسیده و من تنهاتر از همیشه، روی تخت کارگاهم در خارج از شهر دراز کشیده‌ام. نزدیکی‌های صبح که خوابم می‌برد، دوباره آن کابوس همیشگی‌ام به سراغم می‌آید. هیولای بزرگی که بدنش از قطعات و تکه‌پاره‌های زباله ساخته شده و همین‌طور که به من نزدیک می‌شود هر چیزی را که در سر راهش می‌بیند می‌بلعد و من که سعی می‌کنم از او فرار

کنم، هر بار که بلند می‌شوم به زمین می‌خورم، آن‌وقت هیولای بزرگ زباله‌ای به من می‌رسد، از پایم می‌گیرد و مرا به هوا بلند می‌کند، توی هوا چرخی می‌دهد و مرا به دهان می‌اندازد و من از راه حلق وارد معده‌اش می‌شوم و شیرهٔ معده‌اش که از شیرابه‌های زباله تشکیل شده مرا داخل خود هضم می‌کند و اندکی بعد، از من جز اندیشه‌ای مجرد که در هوا معلق است، چیزی باقی نمی‌ماند. مدتی می‌گذرد و روح من دوباره در جسمی جدید حلول می‌کند و حالا من همان هیولای بزرگ زباله‌ای هستم که هر چیزی را سر راه خود می‌بلعد و بزرگ و بزرگ‌تر می‌شود و ردی از زباله و شیرابه پشت سر خود برجای می‌گذارد و من خیلی خوب می‌توانم بفهمم که این هیولا همان زندگی عصر مدرن است که هر چیزی را سر راه خود می‌بلعد و نابود می‌کند.

انسان تنها موجودی است که رد پای خود را در تاریخ کرهٔ زمین بر جای گذاشته است. ذهن، از همان ابتدا دریافت که مادهٔ ژنتیکی انسان برای انتقال تمامی اطلاعات کافی نیست و برای انتقال دادن افکار، آموزه‌ها، تاریخ، هنر و آیین و رسوم به چیزی بیشتر از ژنوم انسان نیاز دارد تا بتواند با انباشتن این اندیشه‌ها بر روی هم دانش امروز را فراهم آورد و از همان ابتدا انسان را وا داشت تا افکار و اندیشه‌هایش را به صورت‌های گوناگون، بر روی دیوارهٔ غارها، سنگ‌نوشته‌ها، در آیین‌ها و آداب و رسوم حک کند و آن‌ها را به نسل‌های بعد انتقال دهد تا از این طریق، بعد از حیات زیستی انسان، حیات تاریخی

خـود را حفظ کند و اگـر امـروز به طور ناگهان حیـات انسـان بر روی کرۀ زمین خاتمـه پیدا کند و سـال‌ها بعد موجـودی از آسمان بر روی زمین فرود بیاید می‌تواند با مطالعۀ تاریخی که از بشـر روی زمین باقی مانده به تمامی اطلاعات دربارۀ انسان دست پیدا کند. این بیگانۀ فرضی با مطالعۀ تاریخ بشر، ابتدا بسیار شگفت‌زده خواهد شد اما همین که به اواخر عمر انسان نزدیک شـود به حماقت انسان از آنچه بر سر خود آورده پی می‌برد. اگر انسـان‌های دورۀ پیشـاتاریخی را انسـان‌های عصر سنگ و عصر آهن بدانیم انسان دورۀ جدید بدون شک انسان عصر زباله‌های پلاستیکی نام خواهد گرفت.

۴

یک روز هنگام زباله‌گردی‌هایم، یک تکه کاغذ روی زمین پیدا کردم، خم شدم و آن را برداشتم، بلیت یک نمایشگاه هنر معاصر بود. به اطرافم نگاه کردم ولی کسی را ندیدم، بلیت را در جیبم گذاشتم و بعد از ظهر کت و شلواری را که خانمی هنگام دورریختن وسایل کهنهٔ خانه‌اش به من داده بود، تنم کردم، حداقل دو سایز برایم بزرگ بود و به تن لاغر من زار می‌زد و آستین‌هایش تا انگشتانم می‌رسید. آستین‌ها را تا زدم و فکر کردم این طور هنری‌تر به نظر خواهد رسید و جلب توجه خواهد کرد و به من به‌عنوان شخصی هنرفهم نگاه خواهند کرد. هنر را ستایش می‌کنم چرا که هیچ‌چیز در طول تاریخ بشر نتوانسته به اندازهٔ هنر انسان را فریب دهد و او را به توهم دچار کند. هنر همان لباس نامرئی پادشاه است که انسان سعی کرده لختی

اندیشهٔ خـود را به واسطهٔ آن بپوشاند و هنرمند چـون بافنده‌ای است که در تار و پـود دسـتگاه بافندگی‌اش چیـزی نـدارد.

همـین کـه بـه نزدیـک نمایشـگاه رسـیدم شـخصی را دیـدم کـه در مقابـل در ورودی ایسـتاده بـود و بـه بازدیدکنندگان خوش‌آمد می‌گفت. بـه سمـت او رفتـم، می‌ترسـیدم بفهمـد کـه مـن یـک زباله‌گـرد هسـتم و از آسـتینم بگیـرد و مـرا از صـف خـارج کنـد و بگویـد اینجـا جـای آدم‌هـای ولگـرد نیسـت امـا او بـا متانـت بـه مـن خوش‌آمـد گفـت و مـن کـه نمی‌دانسـتم در جوابش چه بگویم راه افتادم و بـه داخـل نمایشگاه رفتم. داخـل سـالن پـر بـود از جمعیتـی کـه طبـق رسـم طبقهٔ متوسـط بـا پزهای روشن‌فکرانه بـه تماشـا و نقـد آثـار مشـغول بودنـد و مـن کـه تمام زندگی‌ام را میـان زباله‌هـا گذرانـده بـودم هنـر در نظـرم چنـان جایگاهـی داشـت کـه اگـر هنـر واقعـی را در مقابـل خـود می‌دیدم بـا فریـادی بلنـد توجـه همـه را بـه خـود جلـب می‌کـردم.

فقـط یـک نـگاه سرسری کافی بـود تـا حالـت تهـوع و سـرگیجه بـه مـن دسـت بدهـد و اگـر نمی‌توانسـتم جلـوی خـودم را بگیـرم همان‌جـا وسـط سـالن و در حضـور صدهـا بازدیدکننده محتویـات معده‌ام را بـالا می‌آوردم و روی سنگ‌هـای کـف نمایشـگاه می‌ریختـم و بـا آن‌هـا یـک اثـر هنـری بـه اصطلاح پست‌مدرن، مثـل تابلوهایی کـه مقابـل آن ایسـتاده بـودم خلـق می‌کـردم. هنـر هیچـگاه در طـول تاریـخ بـه بیچارگـی امـروز خـود نبـوده اسـت و اگـر مـن می‌خواسـتم هنـر مدرن را بـه نمایش بگـذارم نمایشگاهی بـزرگ ترتیـب می‌دادم و بعـد کامیـون کامیـون زبالـه از زباله‌دان‌هـای شـهر

بار می‌زدم و در وسط نمایشگاه خالی می‌کردم و تماشاگران را به دیدن آن دعوت می‌کردم و هنر مدرن را بدون واسطهٔ رنگ و بوم نقاشی به آن‌ها نشان می‌دادم و آن‌ها برای بازدید از نمایشگاهم مجبور بودند ماسک بزنند و دستکش دست کنند، زیرا هنر من آن‌قدر صریح و عریان بود که تماشای آن بدون واسطهٔ ماسک و دستکش ممکن نبود. یا دست تک‌تک تماشاچیان را می‌گرفتم و به زباله‌دان‌های شهر می‌بردم و شاهکارهای عصر مدرن را نشانشان می‌دادم، جایی که این هنر کثیف، در گودال‌های بزرگی که توسط بیل‌های مکانیکی حفر می‌شود زیر خروارها خاک مدفون می‌گردد و آن‌ها اگر کمی ذوق هنری داشتند دور مرا می‌گرفتند و برایم دست می‌زدند و هورا می‌کشیدند.

هنر نوستالژی زمان ماست، یادگاری از اندیشه‌مندی انسان. هنر تنها ابزاری است که می‌شود به واسطهٔ آن سیر اندیشه در زندگانی انسان را به خوبی درک کرد. هنر همان اندیشه‌های در حال فساد است. زباله‌های فکر و بازماندهٔ فعالیت اندیشه در دورهٔ حیاتش بر روی زمین. اندیشه آن‌گاه که کارکرد خود را از دست می‌دهد در یک دگردیسی به هنر مبدل می‌گردد. اندیشه هنگام گذر از یک دوره به دورهٔ دیگر متعلقات خود را به جای فراموش کردن و دور ریختن به هنر تبدیل می‌کند. هنر نقاشی، بازماندهٔ غارنگاره‌هایی است که اجداد ما برای موفقیت در شکار، شب قبل بر دیوارهٔ غارها می‌کشیدند. موسیقی که از ابتدا کارکردی قدسی داشته هنوز تا حدودی کارکرد خود

را حفظ کرده و در مراسم مذهبی استفاده می‌شود. خدایان اسطوره‌ای که روزگاری مورد احترام بشر بود و او با مراسم آیینی و اهدای قربانی خود را از خشم آن‌ها در امان نگاه می‌داشت، اکنون تنها در هنر تقدیس می‌گردد. اندیشه آن‌گاه که می‌پوسد به هنر مبدل می‌گردد، درست شبیه کوزه‌ای سفالی که روزگاری با آن آب می‌خوردند و حال به‌عنوان جسمی عتیقه در موزه نگاهداری می‌شود. ذهن با تبدیل اندیشه به هنر، از رنج این تراژدی، که برای مدتی طولانی اشتباه می‌کرده، می‌کاهد و با پوشاندن لباس زیبایی‌شناختی به اندیشه‌های کهنه، خطای خود را پنهان می‌کند.

بر خلاف اندیشه که نگاه به آینده دارد، هنر معطوف به گذشته است و می‌کوشد، مانند وجدان اخلاقی، اندیشه را از پیشروی‌های بی‌پروا برحذر دارد. هنر حاصل آن بخش از اندیشه است که با انسان خو گرفته و با او همذات‌پنداری می‌کند. در هنر، بیشتر برابر با کم‌تر است و کم‌تر برابر بیشتر. هنر در ضدیتی با اندیشه سعی می‌کند به اصولی بازگردد که روزگاری درخشان‌ترین تمدن‌ها را ساخته بودند و من نیز به‌عنوان یک زباله‌گرد، این اندیشه‌های کهنه را در ذهنم ثبت می‌کنم تا روزی بشر از آن برای دوباره ساختن این تمدن استفاده کند.

یک روز همان‌طور که کیسهٔ زباله‌ام بر دوش و سیل افکار در ذهنم در حال چرخش بود، خودم را مقابل دانشکدهٔ الهیات و فلسفه یافتم ایستادم و بعد ناخودآگاه به سمت در ورودی دانشکده حرکت کردم و خواستم وارد شوم که یکی از نگهبان‌ها جلویم را گرفت و گفت اینجا

چیز به‌دردبخور پیدا نمی‌شود بهتر است بروی جای دیگر و من گفتم که نه، من برای زباله‌گردی اینجا نیامده‌ام، من آمده‌ام تا اندیشه‌هایم را با دانشجویان و استادهای فلسفه در میان بگذارم و نظرشان را بشنوم و آن‌وقت بود که نگهبان شروع به خندیدن کرد و به سمت نگهبان دیگر نگاه کرد و گفت نگاه کن یه فیلسوف آشغال‌جمع‌کن پیدا کردم و بعد که دیدند من در حرف‌هایم جدی هستم تهدید کردند که آنجا را ترک کنم وگرنه انتظامات را خبر می‌کنند و من همین‌طور که با حسرت به نوشتهٔ سردر دانشکده نگاه می‌کردم آنجا را ترک کردم.

و من برای تنبیه خودم، به خاطر اینکه وظیفهٔ اخلاقی‌ای را که بر دوش داشتم به درستی انجام نداده‌ام، در سالن راه می‌رفتم و به تابلوها و بازدیدکننده‌ها که با جنب‌وجوشی تنفرآمیز میان هم می‌لولیدند نگاه می‌کردم. هنر به کالایی لوکس تبدیل شده بود، به وسیله‌ای برای فیگور گرفتن‌های روشنفکرانه و نمایش عقده‌های لوس هنرشناسانه. هنر برای هنر، مبتذل‌ترین ادعای طرفداران هنر. یعنی فروکاستن هنر به سرگرمی‌ای بچه‌گونه برای نادیده گرفتن آنچه هنر قصد نمایش آن را دارد. هنر دریچه‌ای است که باید از طریق آن به ماورای اثر نگاه کرد و چشم دوختن به پنجره کاری بیهوده و عبث است و هنر واقعی، اگر وجود داشته باشد بیشتر دردآور است تا زیبا. زیرا برای پالایش ذهن به چیزی سخت‌تر و خورنده‌تر از آنچه هر روز با آن سر و کار داریم نیاز است. سوهانی سخت و زبر که به وسیلهٔ آن بشود تمام لایه‌های چرک گرفتهٔ روح را پاک کرد.

من که دیگر نزدیک بود بالا بیاورم از سالن بیرون زدم. به اولین سطل زباله‌ای که رسیدم سرم را داخل آن فرو بردم و چند نفس عمیق کشیدم، بوی زباله‌ها که به بینی‌ام خورد حالم سر جایش آمد و وقتی خوب نگاه کردم چند بطری یک‌بارمصرف داخل سطل زباله دیدم، آن‌ها را برداشتم و داخل جیب‌های گشاد کتم انداختم و بعد دیدم که مردمی که از کنارم عبور می‌کنند با تعجب به من نگاه می‌کنند و آن‌وقت به یک باره اشک از چشمانم سرازیر شد و شروع کردم مثل بچه‌ها هق‌هق گریه کردن، چرا که دیگر زمانهٔ دردها و اندوه‌های بزرگ بشر به پایان رسیده بود و اگر بشر می‌توانست چیزی را احساس کند، تنها حالتی سطحی و گذرا بود که تا نگاهش را از آن برمی‌داشت از حافظه‌اش پاک می‌شد. اما من می‌توانستم این رنج بزرگ بشر که همان خلاء اندیشه بود را درک کنم و به همین خاطر می‌توانستم اشک بریزم. دیگر زمانهٔ مبهوت ماندن و زمانهٔ تحیر به پایان رسیده بود و جای خود را به فراموشی بیمارگونه‌ای داده بود که تمامی نسل بشر را گرفتارکرده بود.

سال‌ها زندگی در میان زباله‌ها عواطف و احساسات مرا بسیار رقیق کرده بود و با کوچک‌ترین ناملایمت، اشک‌هایم سرازیر می‌شد. گاهی احساس می‌کنم برای انجام این کار بیش از حد احساسات و عواطف به خرج می‌دهم و همین باعث می‌شود نتوانم آن‌طور که دیگر زباله‌گردها کار می‌کنند پول در بیاورم، اما من اخلاقی زیستن را ترجیح می‌دهم به همین خاطر وقتی میان مردم در کوچه و خیابان

مشغول زباله‌گردی هستم سعی می‌کنم توجه مردم را به خودم جلب کنم تا بعد از تحمل نگاه‌های ترحم‌انگیزشان، آن‌ها را با این واقعیت روبه‌رو کنم که اگر همین‌طور به زندگیشان ادامه دهند چه عاقبتی در انتظارشان است. بارها خواسته بودم زباله‌گردی را کنار بگذارم و جایی در یک کارگاه و یا یک مغازه مشغول به کار شوم، اما احساس می‌کنم این وظیفه به من محول شده و من تنها کسی هستم که نه تنها زباله‌ها، بلکه افکار و اندیشه‌ها را نیز بازیافت می‌کنم و همین به من دلگرمی می‌دهد.

من تمام عمرم زباله جمع‌آوری کردم و همیشه آرزو داشتم این کار را جایی بهتر انجام دهم. جایی که ارزش و اهمیت کار من برای مردم آنجا قابل درک باشد اما خوب که فکر می‌کنم می‌بینم آنجایی که به زباله‌گردی به‌عنوان شغلی شریف مانند یک پزشک نگاه می‌کنند، هر انسانی این را وظیفهٔ خود می‌بینند که هر زباله‌ای را که می‌شود بازیافت کرد، خودش مانند یک زباله‌گرد جمع می‌کند و برای بازیافت می‌فرستد و آنجاست که من می‌توانم دوستانی پیدا کنم که اهمیت کار من را درک می‌کنند و آن‌ها چقدر باید مردمانی دوست داشتنی باشند. من به‌عنوان یک زباله‌گرد و همچنین انسانی اخلاقی، سنگینی وظیفه‌ای را بر دوش خود احساس می‌کنم که کم‌تر کسی به آن اهمیت می‌دهد. اخلاق نه به‌عنوان امری انسانی، بلکه به‌عنوان مسئله‌ای طبیعی باید از نو تعریف شود و اگر نوع نگاه انسان به طبیعت و محیطی که در آن زندگی می‌کند را معیار اخلاقی بودن انسان

در نظر بگیریم، انسان عصر حاضر غیراخلاقی‌ترین رفتار را در مقایسه با پیشینیان نشان داده است.

در نظر بگیریم، انسان عصر حاضر غیراخلاقی‌ترین رفتار را در مقایسه با پیشینیان نشان داده است.

۵

مـن از کودکی زباله‌گردی کرده‌ام و طـی این سـال‌هـا نـه تنهـا قطعـات پلاستیکی و کاغذ و کارتن، بلکه اندیشـه‌های کهنه و دور ریخته شده که ارزش جمع‌آوری و بازیافت داشـته باشـد را نیـز جمـع‌آوری کرده‌ام. هربار که خـم می‌شـوم تـا زباله‌ای را از روی زمین بـردارم، همـراه آن اندیشـه‌ای را نیز از روی زمین بلند می‌کنم. اندیشـه‌ای که روزگاری توسط روشـن‌ترین ذهـن بشـر خلق شـده بـود و حـالا همـراه دیگر زباله‌هـا دور ریختـه می‌شـد و اگـر قـرار بـود بـرای اندیشـه‌های دور ریختـه شـده نیـز زباله‌دان بسـازند، وسعتی به اندازه‌ی کره‌ی زمین را لایه‌های ضخیمی از اندیشـه‌های در حـال فسـاد در بـر می‌گرفت. من اندیشـه‌ای دور ریخته شده را نیز همـراه زباله‌هـای دیگـر در انبار ذهنـم روی هـم جمـع می‌کنم تا شاید بشـر روزی دوباره به آن نیاز پیدا کند و بـرای بازیافت

آن دستگاه‌های عظیمی بسازد تا از اندیشه‌های دور ریخته شده، اندیشه‌های تازه و بهتری بسازد.

من تنها کسی در دنیا بودم که از میان زباله‌های در حال فساد و بدبو ژرف‌ترین مسائل اخلاقی را استخراج می‌کردم و مانند یک قاضی که در دادگاه وظیفه محکومیت یا آزادی یک متهم را بر عهده دارد به انسان امروز نگاه می‌کردم و هرچه بیشتر به تفکر می‌پرداختم دلیلی برای بی‌گناهی انسان پیدا نمی‌کردم، اما از دادن حکم نیز عاجز بودم، چراکه هیچ مجازاتی نمی‌توانست از آنچه انسان بر سر خود آورده بدتر باشد.

ته کیسهٔ زباله‌ام از بس روی زمین کشیده شده سوراخ شده و هر چند قدم که برمی‌دارم یک بطری از سوراخ آن بیرون می‌ریزد و بعد من خم می‌شوم و آن را برمی‌دارم و دوباره داخل کیسه می‌اندازم و بعد دوباره بطری دیگری از داخل آن بیرون می‌ریزد. انگار با من بنای شوخی گذاشته باشد. آن‌قدر ته کیسه را وصله زده‌ام که دیگر جای وصلهٔ جدید نیست و همین روزهاست که کیسهٔ زباله‌ام را بازنشسته کنم و بعد طی یک مراسم رسمی از او به خاطر همهٔ خدمت‌هایی که به زندگی بشر کرده و همهٔ اندیشه‌هایی که برای گردآوری آن به من کمک کرده قدردانی کنم و بعد آن را با احترام میان دیگر زباله‌هایم جا بدهم تا دوباره از ذرات آن کیسه‌های جدید بسازند.

اندیشهٔ مدرن، اگر بشود نام اندیشه بر آن گذاشت هیچ‌گونه پیوندی با آنچه تفکر طی هزاران سال عمر بشر از خود بر جای

گذاشته ندارد. اندیشهٔ انسان گذشته اگر روزی از طبیعت سرچشمه می‌گرفت، اکنون نامادری جدیدی به نام صنعت و تکنولوژی یافته و این برادر ناتنی به جنگ با اندیشه‌های گذشته برخاسته و خیلی زود در نبردی نابرابر او را از صحنهٔ نبرد خارج می‌کند.

من از کودکی زباله‌گردی می‌کنم و همیشه یک کیسهٔ اضافی با خود حمل می‌کنم تا اگر زباله‌ها بیش از اندازه زیاد باشد آن‌ها را داخل کیسهٔ یدکی بیاندازم و گاهی مجبورم دو کیسه را که سر آن‌ها را به هم گره زده‌ام مانند خورجین روی شانه‌ام بیاندازم، آن‌وقت سنگینی دو کیسه به همراه افکاری که در داخل ذهنم روی هم انباشته‌ام بارم را بیشتر از همیشه سنگین می‌کند و من هر چند قدم که راه می‌روم، مجبورم بایستم و کیسه‌ها را روی زمین بگذارم و کنار جوی آب یا روی سکوی مغازه‌ای بنشینم و اگر مغازه‌دارها از من نخواهند که بلند شوم و آنجا را ترک کنم، چند دقیقه‌ای آنجا می‌نشینم، آن‌وقت از میان سیل افکارم یکی را انتخاب می‌کنم و در ذهنم به آن پروبال می‌دهم و این‌گونه خستگی‌ام را برطرف می‌کنم.

یک قوطی آلومینیومی از داخل سطل زباله پیدا می‌کنم، آن را به صورت عمودی روی زمین قرار می‌دهم و آن‌وقت با یک جهش به بالا، روی آن می‌پرم و قوطی بخت‌برگشته بدون هیچ مقاومتی، و تنها با ناله‌ای ضعیف، پرس می‌شود و سر و ته آن به هم می‌چسبد و ضخامت آن به اندازهٔ یک بند انگشت می‌شود. این کار را همیشه با علاقه انجام می‌دهم و این‌گونه، انگار انتقام خود را از این زباله‌ها

می‌گیرم. این از سرگرمی‌های من هنگام جمع‌کردن زباله‌هاست و حتی چند بار خواستم به خاطر این نوع طراحی قوطی‌های نوشیدنی، از کارخانه تولید آن قدردانی کنم. یک روز هنگام انجام همین‌کار، وقتی با یک پرش بلند روی قوطی نوشیدنی پریدم، محتویات داخل آن بیرون پاشید و روی لباس‌های مردی که از کنارم می‌گذشت ریخت و لباس‌هایش را کثیف کرد. او سر من فریاد کشید که این چه کاری است می‌کنی و من از او معذرت‌خواهی کردم و بعد که او دید من ارزش آن را ندارم که وقتش را با من تلف کند غرغرکنان به راه خودش ادامه داد.

عادت دارم ذهنم را هنگام زباله‌گردی آزاد بگذارم و آن‌وقت ذهنم از میان هزاران مسئله‌ای که آنجا انبار کردم یکی را پیدا می‌کند و دربارهٔ آن می‌اندیشد. وقتی داخل سطل‌های زباله تاکمر فرورفته‌ام و جست‌وجو می‌کنم، ذهنم مانند یک سیال به جریان می‌افتد و به اندیشیدن می‌پردازد و این‌گونه کثیفی و تعفن لباس و جسمم را با اندیشه‌هایم تطهیر می‌کنم. حقیقت را باید در انکار جست‌وجو کرد. باید قبول کرد زباله‌دان‌های شهر حقیقت بیشتری را در خود نهفته تا کتاب‌ها و مقالات علمی. مدارس و دانشگاه‌ها دیگر جایگاه اندیشهٔ حقیقی نیست و اگر بشر امروز به دنبال حقیقت می‌گردد باید آن را در معابر، خیابان‌ها، سطل‌های زباله و مشاهدهٔ رفتار عمومی جست‌وجو کند. اگر روزگاری اندیشه منشاء تولید بود، اکنون آنچه بشر به‌عنوان ابزار و تکنولوژی می‌شناسد به کار تولید اندیشه

می‌پردازد و این اندیشهٔ ثانوی خود باعث تولید بیشتر می‌شود و این چرخهٔ تولید تا نابودی کل زمین ادامه خواهد یافت.

اثرات جانبی، هرچند در مقایسه با تأثیرات یک اکسیر یا دارو دست‌کم گرفته می‌شوند اما در درازمدت همواره بر اثرات سودمند کوتاه‌مدت غلبه می‌کند و اندیشه و دانش بشری نیز از این قاعده مستثنی نیست و نسل ما و نسل‌هایی که بعد از ما خواهند آمد، باید با اثرات جانبی روبه‌رو شوند. در عصر حاضر دو نیرو هم جهت با هم به سرعت نابودی زمین افزوده است. دانش و جهل. قدرت جهل آنجاست که فهم بشر را به بازی می‌گیرد و او را با توهم دانستن می‌فریبد. آنجا که انسان می‌پندارد بر همه چیز تسلط و آگاهی دارد، جهل با قدرت بیشتری می‌تازد چرا که آنجا فهم نه به‌عنوان نیروی مخالف، بلکه هم‌جهت با جهل حرکت می‌کند.

من به واسطهٔ همین زباله‌گردی‌ها می‌توانم کتابی بنویسم دربارهٔ اخلاق در زندگی مدرن و اینکه چگونه پلاستیک‌های یک‌بار مصرف، اخلاق را در زندگی بشر دگرگون کرده است. پلاستیک این مادهٔ نفوذپذیر، نه تنها در زندگی ما بلکه فراتر از آن در بدن و اندیشهٔ ما نیز نفوذ کرده است و از ما آدمک‌های پلاستیکی فاقد اندیشه ساخته است. اندیشه و سخن نیز به مانند همین پلاستیک‌ها، یک‌بار مصرف شده‌اند. هر سخن و اندیشه به جای آن‌که بارها و بارها در ذهن مرور شود و هربار جلوه‌ای از آن در ذهن نفوذ کند، تنها یک‌بار ذهن انسان را قلقلک می‌دهد و دوباره خیلی زود آن بی‌حسی

عمیق بر ما چیره می‌شود. هر کلامی تنها یک بار بر ما اثر می‌گذارد و هر صاحب اندیشه‌ای برای اینکه سخنی برای گفتن داشته باشد، باید دایرهٔ واژگان و مفاهیمش را هر روز گسترده‌تر کند. در دوران مدرن دیگر مثلی ساخته نمی‌شود، زیرا لازمهٔ ساخته شدن مثل، این است که سخنی بارها و بارها تکرار شود، اما زندگی عصر مدرن این تکرار را با ابتذال هم‌معنا می‌داند.

اخلاق در دوران کلاسیک می‌گوید هر چیزی که آسیب می‌بیند نیاز به تعمیر و مراقبت دارد. روابط انسانی، آنجا که دچار بحران می‌شود و به نقطهٔ اوج می‌رسد نیاز به تلاش فراوان برای عبور از این نقطه را می‌طلبد، اما اخلاق مدرن، نقطهٔ اوج را نقطهٔ پایان می‌شمرد. اخلاق مدرن می‌گوید هر چیزی که خراب شود، باید دور انداخته شود زیرا هزینهٔ تعمیر آن از هزینهٔ جاگزینی آن بیشتر است و این همان اندیشه‌ای است که تکنولوژی برای بشر به ارمغان آورده است. دستگاه‌های تولید و مونتاژ قطعات خانگی و صنعتی، نه تنها ساخت ابزارآلات و وسایل، بلکه ساخت اندیشه را نیز بر عهده گرفته است. اگر روزگاری اندیشه توسط سیناپس‌ها و نورون‌ها ساخته می‌شد، اکنون بردهای الکتریکی، پرس‌های هیدرولیک، زنجیرها و چرخ‌دنده‌ها این وظیفه را برعهده گرفته است. هر دستگاه پرس یا تزریق پلاستیک علاوه بر تولید یک قطعه، اندیشه‌ای را نیز تولید می‌کند و در کارتن‌های بسته‌بندی، روانهٔ بازار و خانه‌های مردم می‌کند. معیارهای زیبایی‌شناسی در عصر مدرن، رابطهٔ مستقیمی

با میزان ژل و پلاستیک تزریق شده زیر پوست دارد و همین باعث شده انسان‌ها به عروسک‌های یک‌بارمصرفی تبدیل شوند که اندام فوقانی یعنی مغز و توانایی اندیشیدن، برای مقرون به صرفه بودن کوچک‌تر شده و در عوض اندام‌های دیگر برجسته‌تر شده و زیاد طول نخواهد کشید که آنچه طبیعت چند میلیون سال برای پرورش آن تلاش کرده توسط همین موجود که خود را انسان هوشمند نام نهاده نابود شود.

اندیشه هیچگاه در طول تاریخ به خواری امروز نبوده است. انسان عصر حاضر اندیشیدن را دوست ندارد زیرا اندیشیدن و تفکر او را می‌آزارد و رنج می‌دهد. انسانی که در عصر حاضر از تمامی امکانات خود بهره گرفته و با اختراع ماشین‌ها و ابزارهای مختلف، سعی داشته آسایش و راحتی را برای خود فراهم کند، دوست ندارد مانند گذشته رنج اندیشیدن را در وجود خود تحمل کند و به همین خاطر راحت‌ترین مسیر ممکن، یعنی کنار گذاشتن تفکر را برگزیده و این وظیفه را مانند دیگر وظایف خود به ماشین‌ها و رایانه‌ها محول کرده و این اندیشه که توسط ماشین‌ها خلق می‌شود، فاقد عاطفهٔ انسانی است و به همین دلیل نمی‌تواند برای خوشبختی بشر کارساز واقع شود.

اندیشه در تلاش است تا از این خانهٔ در حال ویران شدن یعنی زمین بگریزد و تمام تلاش او در این چند دهه برای رسیدن به فضای نامتناهی بوده و برای رسیدن به این هدف مجبور بوده زمین و طبیعت آن را قربانی کند، شرکت‌های بزرگ جهانی با مصرف منابع و

تولید قطعات پرمصرف و روانه کردن آن به بازارها، سرمایهٔ لازم برای اکتشافات فضایی و راه رسیدن به فضای نامتناهی را به هزینهٔ گزاف نابودی زمین تامین می‌کنند. گول تبلیغات رنگارنگ دربارهٔ زندگی انسان بر روی کرات دیگر را نخورید، هیچ تکنولوژی‌ای قادر نخواهد بود تمام فرزندان انسان را از روی زمین با خود به سیاره‌ای دیگر ببرد.

اندیشه به خوبی می‌داند که نابودی زمین در آینده‌ای نه چندان دور یک امر تقریبا قطعی است، اما برایش اهمیتی ندارد، زیرا اندیشهٔ امروز بیش از آنکه تحت اختیار انسان باشد، در اختیار کامپیوترها و پردازش‌گرهایی است که در عرض یک ثانیه هزاران عمل را انجام می‌دهند. آن پرسش‌های بنیادین دربارهٔ منشاء هستی و چرایی وجود جهان و چیستی انسان، مدت‌هاست از موضوع بحث اندیشه خارج شده و به متفکران درجه چندم و کم‌اهمیت سپرده شده است و تنها موضوع مهم اندیشهٔ پیشرو، پیدا کردن راهی است برای فرار از سیاره‌ای است که نفس‌های آخر خود را می‌کشد.

سرانجام، نه انسان، بلکه اندیشه از زمین کوچ خواهد کرد. میهمانی که روزی یک نخستی را به برترین گونهٔ روی زمین تبدیل کرد، دوباره از تن او رخت خواهد بست و راهی فضای نامتناهی خواهد شد و به ماجراجویی خود در گسترهٔ پهناور جهان هستی ادامه خواهد داد. با پیشرفت علم و اختراع دستگاه‌ها و ماشین‌هایی که قدرت پردازش اطلاعات را دارند، ذهن انسان فلج و از کار افتاده خواهد شد و مغز به اندامی بی‌مصرف تبدیل می‌شود و انسانی که بعد از کوچ هوشمندی از زمین به کرات دیگر باقی می‌ماند با دیگر نخستی‌های هم‌گروه خود تفاوت چندانی نخواهد داشت.

۶

مدتی در یک کارگاه کار می‌کردم که زباله‌های شهری را پیش از آنکه به گورستان زباله‌ها ببرند، سر راهشان به آنجا می‌آوردند. صاحب کارگاه با ماشین‌های زباله‌بر شهرداری توافق کرده بودند که در ازای دریافت مقداری پول، زباله‌ها را به جای خالی کردن در گورستان زباله‌ها، اول آنجا بیاورند تا زباله‌های بازیافتی آن را جدا کنند و بعد آن‌ها را برای دفن به زباله‌دان ببرند. ماشین زباله‌بر در ساعت معینی وارد کارگاه می‌شد و در محوطهٔ وسط کارگاه می‌ایستاد. همین که جک کمپرس ماشین زباله‌بر بالا می‌رفت، ابتدا نایلون‌های سیاه‌رنگ داخل ماشین کف کارگاه می‌ریخت و بعد همان‌طور که ماشین جلوتر می‌رفت، باقی‌ماندهٔ نایلون‌ها به همراه شیرآبه‌ای که از نایلون‌های زباله کف ماشین جمع شده‌بود، کف کارگاه را خیس می‌کرد و بعد از

آن بوی تند و زننده‌ای ناگهان تمام کارگاه را می‌گرفت و سپس ده دوازده تا بچهٔ ده تا پانزده ساله، دور زباله‌ها را می‌گرفتند و با یک قلاب و یک تخته، کیسه‌ها را پاره می‌کردند و یا به اصطلاح خودشان، لباس‌هایشان را درمی‌آوردند و محتویات داخل کیسه را روی زمین خالی می‌کردند و از بین آشغال‌های گندیده و فاسد، بطری‌های فلزی و پلاستیکی و تکه‌پاره‌های قطعات لوازم خانه و اسباب‌بازی‌های شکسته و دیگر چیزهای به‌دردبخور را از میان آن جدا می‌کردند و داخل یک کیسه که در کنارشان گذاشته بودند می‌انداختند و مابقی آن را با یک تخته شبیه خاک‌انداز به یک سو می‌کشیدند و هر وقت سرشان خلوت می‌شد ابر سیاه مگس‌هایی را که آنجا جمع شده بودند تا آن‌ها نیز سهمشان را از میان این آشغال‌ها بگیرند، از روی سرشان فراری می‌دادند.

در میان بچه‌ها شور و شوق و رقابتی جدی برای پاره کردن کیسه‌ها می‌دیدم که بعد فهمیدم این شور و شوق برای این بود که آن‌ها در میان نایلون‌های پلاستیکی دنبال انگشتر، النگوی طلا و چیزهای باارزش دیگری می‌گشتند که گاهی اشتباهی داخل زباله‌ها انداخته می‌شد و بچه‌ها کیسه‌ها را برای پیدا کردن آن‌ها مثل ماهیگیری که شکم ماهی را برای پیدا کردن مروارید می‌شکافند، پاره می‌کردند، اما من انگیزه‌ای بالاتر از این‌ها داشتم، من به خاطر اشتیاقی که به کارم داشتم و وظیفهٔ اخلاقی‌ای که بر دوشم احساس می‌کردم این کار را انجام می‌دادم و هیچ گنجینه‌ای باارزش‌تر از دانشی که از این

طریق به دست می‌آوردم برای من وجود نداشت. گاهی که صاحب کارگاه احساس می‌کرد سرعت‌مان کم شده، می‌آمد بالای سرمان و با تشویق و تهدید سرعت ما را برای کار وگشتن میان زباله‌ها افزایش می‌داد.

و من همین‌طور کیسه‌های زباله را یکی‌یکی پاره می‌کردم و از دل کیسه‌هایی که بعضی‌شان کرم‌های سفید کوچکی داخل آن می‌لولیدند، چیزهای به‌دردبخور را جدا می‌کردم. در میان این زباله‌ها گاهی به خردهٔ شیشه و یا لامپ شکسته و یا تیغ‌های تیز برمی‌خوردم که دستم را می‌برید و خون از آن جاری می‌شد، اما من بدون اینکه کارم را متوقف کنم، خون دستم را با گوشه‌ای از لباسم پاک می‌کردم و بعد دوباره به کارم مشغول می‌شدم. کیسه‌های نایلون را که پاره می‌کردم بوی تندی از زباله‌ها، تندتر از آن بویی که هنگام گشتن میان سطل‌های زبالهٔ داخل شهر می‌شنیدم، به بینی‌ام می‌خورد و من متوجه می‌شدم وقتی زباله‌ها را آنجا جست‌وجو می‌کردم انگار بوی مطبوع‌تری داشتند و باید از زمان جمع‌آوری این زباله‌ها حداقل یکی دو روز گذشته باشد. آدمی همان چیزی است که از خود بر جای می‌گذارد و هر چیزی که انسان از خود برجای می‌گذارد پس از مدتی فاسد و متعفن می‌شود. حتی روشن‌ترین اندیشه‌ها هم بعد از گذشت زمان کافی فاسد می‌شود و بو می‌گیرد، همان‌طور که مغزها، با اندیشه‌های کهنه و تاریخ گذشته، بوی گند و فساد می‌دهد و فیلسوف‌ها یا آن طور که من دوست دارم صدایشان بزنم،

زباله‌گردهای اندیشه، از بقایای این اندیشه‌های کهنه، اندیشه‌های نو می‌سازند و این چرخۀ بازیافت افکار، همچون چرخۀ بازیافت زباله برای بقای بشر لازم و ضروری است.

من در میان کیسه‌های سیاه زباله، در حال جمع‌آوری آن چیزی بودم که از انسان باقی مانده بود، انسانی که خود را برترین موجود زمین و شاید برترین موجود در تمام کائنات می‌داند، آنچه از او باقی مانده است را حتی من که تمام عمرم را در میان زباله‌ها گذرانده‌ام و با آن خو گرفته‌ام، نمی‌توانم تحمل کنم و هر چند وقت یک‌بار باید استراحت کنم و بروم سراغ گلدانی که چند بوتۀ نعناع داخل آن کاشته بودم و با خود آورده بودم تا هر وقت بوی زباله‌ها مغزم را در آستانۀ فروپاشی قرار می‌داد، آن را بو کنم و به این طریق کمی احساس زنده بودن کنم چرا که بعضی وقت‌ها موقعی که مشغول گشتن میان زباله‌ها هستم، نمی‌توانم بین خودم و زباله‌ها تفاوتی ببینم و نزدیک است خودم را همراه دیگر زباله‌ها داخل کیسه بیاندازم، آن وقت حداقل می‌توانم همراه زباله‌ها مسیری را که طی می‌کنند تا دوباره به قطعات نو تبدیل شوند را ببینم. برای من سخت بود که خود را موجودی صاحب شعور در نظر بگیرم، با اینکه سیل افکار در ذهنم مدام مانند چرخ آسیاب در گردش بود، من خود را مانند یک تک‌سلولی، یک باکتری تجزیه کننده که کارش تجزیۀ باقی‌ماندۀ مواد آلی حاصل از فعالیت موجودات زنده است، می‌دیدم. من در همۀ این سال‌ها، با همۀ دانشی که از طریق شغلم به دست آورده بودم،

کردم، اندیشه‌هایم آن‌قدر ارزش ندارد که بتوانم در ازای آن یک وعده شام سبک برای خودم تهیه کنم و مجبور بودم برای سیر کردن خودم خروارها زباله را زیر و رو کنم.

روزهایی که ماشین‌های زباله‌بر شهرداری زباله نمی‌آوردند، صاحب کارگاه ما را سوار ماشین باری بزرگش می‌کرد و ما را به خارج از شهر، جایی که زباله‌ها را دفن می‌کردند، می‌برد، و به هر کدام‌مان یک تکه چوب و یک کیسه می‌داد و همین‌طور که مشغول گشتن میان زباله‌ها بودیم، مجبورمان می‌کرد شعری را که یادمان داده بود هماهنگ با هم بخوانیم، چرا که فکر می‌کرد این‌طور بیشتر زباله جمع می‌کنیم. او در کار کشیدن از بچه‌ها تبحر خاصی داشت و با شگردهای مخصوص خود اشتیاق ما را به جمع‌آوری زباله‌ها افزایش می‌داد و حتی وقتی یکی از بچه‌ها به خاطر عفونتی که از زباله‌ها گرفته بود، مریض شد و مرد، هیچ‌کدام از بچه‌ها دست از کار نکشیدند چرا که فکر می‌کردند کار کردن میان زباله‌ها آن‌ها را به انسان‌هایی قوی تبدیل می‌کند، نمی‌دانم این جمله را از کجا یاد گرفته بود که چیزی که ما را نکشد ما را قوی‌تر می‌کند، اما کار کردن میان زباله‌ها، نه جسم من، بلکه روح و اندیشه‌ام را قدرتمند کرده بود و من از طریق همین زباله‌های دوررﻳﺨته شده به چنان دانش عظیمی دست پیدا کرده بودم که اگر قبول می‌کردند، می‌توانستم به‌عنوان استاد در دانشگاه تدریس کنم. اگر قرار بود جهان پایانی داشته باشد، من در حال قدم زدن بر لبهٔ آن بودم، اینجا همان جایی بود که معتقدین به نظریهٔ زمین

تخت، پایان دنیا می‌خوانند. جایی که سرنوشت و تاریخ انسان به پایان خود می‌رسد. باقی‌ماندهٔ تمام آنچه ما از انسان می‌شناسیم از پست‌ترین و مادی‌ترین نیازها تا والاترین آن، اینجا در کنار هم و روی هم تلنبار شده و در حال فساد و نابودی است و کار من این بود که از میان این حجم از لاشه‌های در حال فساد، آنچه را که می‌شود بازیافت کرد، داخل کیسه‌ام و در مغزم بریزم و ثبت کنم. از همین زباله‌ها بود که آموختم هیچ چیز، به جز آدمی‌زاد دوپا، آن‌قدر از میان نرفته و نابود نشده که نشود از آن دوباره استفاده کرد.

یک روز هنگام بازگشت از گورستان زباله‌ها، کنار خیابان، عده‌ای را دیدم که لباس‌های فرم و یک‌دست پوشیده بودند و در یک خط ردیف شده بودند و با ماسک و دست‌کش، از روی زمین پلاستیک، ته سیگار و دیگر زباله‌های روی زمین را جمع می‌کردند و داخل پلاستیک‌های سیاهی که در دست داشتند می‌انداختند، و من همین‌طور که ماشین باری دور می‌شد به آن‌ها خیره شده بودم و حرکت هماهنگ آن‌ها را تماشا می‌کردم و لذت می‌بردم، برای اولین بار بود که زباله‌گردهایی با لباس شیک و تروتمیز را در یک گروه منظم می‌دیدم و بعدها فهمیدم این‌ها گروه‌های داوطلبی هستند که برای پاک‌سازی طبیعت، بدون دریافت حقوق، زباله‌ها را از زمین جمع می‌کنند و من که مجذوب این‌کار شده بودم مسیر و زمان حرکت آن‌ها را دنبال کردم و بالاخره یک روز آن‌ها را درحالی‌که مشغول جمع کردن زباله‌ها بودند، پیدا کردم. اول از دور خوب نگاهشان کردم و همین که

جرأت آن را پیدا کردم که به آن‌ها نزدیک شوم، خودم را میان صف آن‌ها جای دادم و شروع کردم مثل آن‌ها زباله‌ها را از روی زمین جمع کنم و داخل کیسه‌ام بیاندازم، و بعد آن‌ها به هم نگاه کردند و دست از کار کشیدند و دور هم جمع شدند، و بعد یکی از آن‌ها که به نظر می‌رسید رهبر گروه باشد به سمت من آمد و به من گفت که باید گروه آن‌ها را ترک کنم چرا که فکر می‌کرد من یک ولگرد هستم و از طرفی چون لباس‌هایم کثیف بود ممکن بود آن‌ها را مریض کنم. و بعد آن‌ها دوباره در یک خط مستقیم به صف شدند و شروع کردند زباله‌ها را از روی زمین جمع کردن، بدون آنکه همگی با هم آواز بخوانند و یا زباله‌هایی را که از روی زمین جمع می‌کنند در آغوش بگیرند چرا که از نظر آن‌ها مشکل طبیعت همین پلاستیک‌ها و ته‌سیگارهایی بود که از روی زمین جمع می‌کردند، اما من در تمام این سال‌ها به‌عنوان زباله‌گرد، همراه هر زباله‌ای که از روی زمین بلند کردم، اندیشه‌ای را نیز از روی زمین برداشتم تا شاید به واسطهٔ همین اندیشه‌ها، زندگی انسان را نجات دهم. من در همهٔ این سال‌ها، در میان زباله‌های کثیف و بدبو زندگی کردم و دانشی جمع‌آوری کردم تا شاید به‌واسطهٔ آن نسل بشر بتواند زندگی پاکیزه‌تر و بهتری داشته باشد.

۷

عادت دارم شب‌ها به ورزش شامگاهی بروم، بعد از اینکه شام سبکم را خوردم، یک جفت کفش ورزشی را که از سر هم کردن چند کفش کهنه برای خودم درست کرده بودم، می‌پوشم و بندهایش را پشت پاهایم گره می‌زنم و لباس مخصوص ورزشم را می‌پوشم وکیسهٔ زباله‌ام را زیر بغل می‌زنم و به سمت خیابان‌هایی راه می‌افتم که دیگر رقیبان ورزشکارم با کیسه‌هایی بر پشت، یا گاری‌های چهارچرخ، همگی سر ساعتی معین به خیابان‌ها می‌ریزند و آن وقت همگی به سطل‌های زباله‌ای هجوم می‌بریم که در آن ساعت شب، بیشتر از هروقت از شبانه‌روز مملوء از زباله‌های کارتن و پلاستیک است که از فعالیت و خرید و فروش روزانهٔ مردم به جا مانده و تا قبل از رسیدن ماشین زباله‌بر شهرداری ساعتی فرصت داریم تا در این مسابقهٔ نفس‌گیر با

دیگر زباله‌گردها رقابت کنیم. مسابقه‌ای که خیلی زود به صحنهٔ نبردی سخت تبدیل می‌شود و زباله‌گردها برای اینکه از رقیبان خود عقب نیفتند تمام تلاش خود را به کار می‌گیرند و گاهی نیز به خشونت روی می‌آورند و من که خودم را انسانی اخلاق‌گرا و دارای عاطفه می‌دانم، به سراغ هر سطل زباله که می‌روم، تنها یک بطری یا پلاستیک یا کارتن بسته‌بندی که پیدا می‌کنم، آن را در کیسه‌ام می‌اندازم و سطل را رها می‌کنم تا دیگر زباله‌گردها داخل آن به جست‌وجو بپردازند و خودم به سراغ سطل بعدی می‌روم و از هر سطل تنها یک تکه زباله برمی‌دارم تا به این روش، از تمام سطل‌های زباله‌ای که در این سال‌ها برای زنده ماندن و همچنین برای این‌که از من انسانی اخلاقی ساخته‌اند، قدردانی و تشکر کنم.

این مسابقهٔ شبانه قسمت هیجان‌انگیز دیگری هم دارد، مأموران شهرداری به‌عنوان کسانی که وظیفه دارند شرایط این مسابقه را برای ما سخت‌تر کنند، شب‌ها با ماشین‌های گشت‌شان به دنبال زباله‌گردهایی می‌گردند که با ریخت و پاش کیسه‌های زباله خیابان‌ها را کثیف می‌کنند و اگر کسی گیر آن‌ها بیفتد، از بازی خط می‌خورد و تمامی زباله‌هایش و یا گاری دستی‌اش به‌عنوان مجازات ضبط می‌شود.

یک شب، همین‌طور که داخل یک سطل خم شده بودم و مشغول جست‌وجو بودم، دستی از پشت پیراهنم گرفت و مرا از داخل سطل بیرون کشید. دست‌هایش آن‌قدر قدرت داشت که مرا مثل

یک عروسک به هوا بلند کرده بود و می‌چرخاند و همین‌طور که بین زمین و آسمان معلق بودم با دست دیگر به من پس‌گردنی می‌زد و وقتی فکر کرد که به اندازهٔ کافی کتک خورده‌ام، مرا داخل ماشین انداخت و بعد به همکارش که رانندگی می‌کرد گفت: یه موش دیگه هم گرفتم، این یکی خیلی زبل بود. آنجا بود که فهمیدم من در نگاه مردمی که هر روز از مقابل هزاران نفرشان می‌گذشتم چه جایگاهی داشتم. من که تمام عمرم در میان زباله‌ها به دنبال آینده‌ای بهتر برای بشر می‌گشتم، در نگاه‌شان مثل موش‌های سیاه و بزرگ فاضلاب بودم.

ماشین شهرداری بعد از اینکه دو سه کودک زباله‌گرد دیگر نیز از خیابان‌ها جمع کرد، ما را تحویل یک مرکز کودکان بی‌سرپرست داد و آنجا بعد از اینکه ما را به حمام فرستادند و لباس‌های نو به ما دادند، ما را به خوابگاهی فرستادند که چندین تخت داشت و ده‌ها کودک آنجا نگهداری می‌شدند. صبح وقتی هنوز خواب بودم در سالن باز شد و یک مرد که بعد فهمیدیم مددکار اجتماعی است، داخل شد و بعد از همه خواستند بلند شوند و روبه‌روی آن‌ها بایستند. آن وقت آن مرد شروع به سخنرانی کرد و چیزهایی دربارهٔ آینده و زندگی بهتر، شغل و مهارت مناسب گفت. بعد از برنامه‌ای برای ما گفت که ما را به انسان‌های مفیدی برای جامعه تبدیل می‌کند. ضمن اینکه به حرف‌هایش گوش می‌کردم به این فکر می‌کردم که من بدون اینکه به کمک کسی نیاز داشته باشم، مفیدترین انسانی بودم که بر روی

زمین زندگی می‌کرد، کار من هرچند کثیف، اما همچون باکتری‌های تجزیه‌کننده لازم و ضروری بود، چراکه علاوه بر جمع‌آوری زباله‌هایی که طبیعت را آلوده می‌کردند، به اندیشهٔ بشر نیز خدمت بزرگی می‌کردم، اما آن مددکار اجتماعی این چیزها توی کله‌اش نمی‌رفت. ما را بعد از اینکه از لحاظ سن و میزان تحصیلات رده‌بندی کردند، برنامه‌هایی برای تحصیل و شغل مناسب برایمان در نظر گرفتند. من را هم به رستورانی فرستادند تا به‌عنوان شاگرد آنجا کار کنم و تجربه به دست بیاورم. صاحب رستوران که مردی چاق بود چند جملهٔ محترمانه به من یاد داد که باید وقتی مشتری‌های را می‌دیدم آن جمله‌ها را برایشان تکرار می‌کردم و وقتی دید آن جمله‌ها را نمی‌توانم حفظ کنم، آن‌ها را کف دستم نوشت تا حفظ کنم و من موقعی که سفارش مشتریان را برایشان می‌بردم، کف دستم را نگاه می‌کردم و آن جمله‌ها را از کف دستم، به صورت ماشین‌وار برایشان می‌خواندم که بیشتر وقت‌ها باعث خندهٔ مشتریان می‌شد.

آنجا بود که می‌توانستم آدم‌ها را از نزدیک ببینم و رفتارشان را خوب تماشا کنم. با اینکه روزانه از مقابل هزاران نفر می‌گذشتم اما تاکنون اینقدر نزدیک آن‌ها را تماشا نکرده بودم. گاهی مجبور بودم بالای سر یک میز بایستم و آن‌وقت بود که می‌دیدم آن‌ها چطور چند نفری دور یک میز حلقه می‌زدند و با اشتهایی سیرناشدنی مثل دستگاه مکش، تمام غذاها را وارد شکم‌های بزرگشان می‌کردند و من که تمام عمرم به جز سیب‌زمینی و کالباس چیز دیگری نخورده بودم،

معده‌ام به غذای دیگری عادت نداشت و شب‌ها وقتی از اضافهٔ غذای رستوران یک ظرف غذا به من می‌دادند، تمام آن را دوباره بالا می‌آوردم و یا بدون آنکه چیزی از آن را هضم کنم از سمت دیگر همراه یک دل‌درد شدید تخلیه می‌کردم.

چند بار خواسته بودم از آنجا فرار کنم، اما نیرویی مرموز مرا آنجا نگه داشته بود. برای اولین بار بود که احساس می‌کردم مردم حضورم را انکار نمی‌کنند و نادیده نمی‌گیرند. در تمام این سال‌ها که به زباله‌گردی مشغول بودم خود را مانند یک روح سرگردان و چرک می‌دیدم که در خیابان‌ها راه می‌رود و هیچ‌کس متوجه حضور او نمی‌شود، اما حالا من نیز جزئی از جریانی بودم که زندگی عمومی مردم را تشکیل می‌داد و از طرفی احساس ترس می‌کردم که مبادا این شغل من را نیز به انسانی تبدیل کند که روزانه هزاران نفرشان را می‌دیدم و برایشان احساس تأسف می‌کردم.

برای من سخت بود که بتوانم لباس‌ها و سر وضعم را مرتب نگه دارم و هروقت لباس‌هایم چرک می‌شد مدیر رستوران با فریاد می‌گفت که سر و وضعم مثل ولگردها شده و من مشتری‌ها را فراری می‌دهم و بعد مرا به حمام می‌فرستاد و لباس‌هایم را می‌داد تا برایم بشویند. من که به ندرت پیش می‌آمد حمام بروم، به مواد شوینده حساسیت پیدا کرده بودم و پوستم مثل پولک‌های ماهی پوسته‌پوسته شده بود و همین باعث شد که کارم را عوض کنند و نظافت رستوران را به من بدهند و آن‌وقت بود که من هنگام تمیز کردن

میزها، بطری‌های نوشیدنی خالی را که سر میزها باقی مانده بود، جمع می‌کردم و پنهانی به اتاقم می‌بردم و تنها بعد از چند هفته، اتاقکم پر شده بود از بطری‌های آب و قوطی‌های نوشیدنی که کافی بود در اتاق را ناگهانی باز کنم و بطری‌ها همه از اتاقکم بیرون بریزند و کف حیاط پخش شوند. یک روز که صاحب رستوران برای سر زدن به من در را باز کرد و با آن حجم از زباله روبه‌رو شد، فریاد بلندی سرم کشید و بعد دستور داد وسایلم را جمع کنم و آنجا را ترک کنم و چند تا کارگر آورد و تمام آن زباله‌ها را از اتاقک جمع کردند و بیرون انداختند و من خوشحال از اینکه از این رنج بزرگ رها شدم و می‌توانم دوباره به شغل خودم برگردم به سمت انبارم حرکت کردم. وقتی به انبار رسیدم، اولین کاری که کردم لباس‌هایی را که به من داده بودند بیرون آوردم و لباس‌های قدیمی‌ام را پوشیدم و به خاطر بازگشت به شغل مورد علاقه‌ام چند دقیقه رقص‌کنان وسط انبارم چرخیدم.

۸

یک شب هنگام زباله‌گردی‌هایم، متوجه شدم شخصی پشت سرم آرام راه می‌رود. بدون آنکه بخواهد مزاحم کار من شود، غرق در افکار و خیالات خودش بود. از آهنگ قدم‌هایش می‌توانستم بفهمم که یک دختر است. وقتی از گوشهٔ چشم نگاهی به او انداختم، دیدم یکی از آن دخترهای کولی است که پشت چراغ قرمز، فال و شاخهٔ گل، آدامس و چیزهای دیگر می‌فروشند و حالا انگار داشت به خانه‌اش باز می‌گشت. دیدن یک دختر کولی تنها از اتفاقات عجیب و نادر است زیرا کولی‌ها عادت دارند به صورت گروهی حرکت کنند و گویی این یکی از بقیهٔ گروه جدا مانده و بعد که خوب فکر کردم به این نتیجه رسیدم که این دختر کولی باید فرشتهٔ نگهبان من باشد که در همهٔ این سال‌ها مراقب من بوده و حالا در این شب تاریک،

انگار آمده تا خودش را به من نشان بدهد. این دختر کولی شاید همان دختری بود که وقتی یک‌بار روی نیمکت نشسته بودم، کنارم نشست و از من خواست که فالم را بگیرد و من که هیچ‌وقت در زندگی نتوانسته‌ام به کسی نه بگویم از او خواستم کارش را انجام بدهد. بعد آن دختر دستم را گرفت، به کف آن نگاه کرد و شروع کرد دربارهٔ خطوط کف دستم صحبت کردن که این خط نشانهٔ این است و آن خط نشانهٔ آن. خطوطی که خودم بهتر از هرکسی می‌دانستم به خاطر نگه‌داشتن کیسه بر پشتم روی کف دستم ایجاد شده بود و لایه‌ای چرک سیاه رنگ شیارهای آن را پر کرده بود. اما او بدون آنکه به چرک‌های کف دستم توجه کند به صحبت‌هایش ادامه می‌داد و من به جای آنکه به حرف‌هایش گوش بدهم نگاهم به گل‌های سرخ رنگی بود که روی دستش با حنا نقاشی کرده بود. همان‌طور که دستم را گرفته بود و با انگشت‌هایم بازی می‌کرد، دربارهٔ گذشته‌ام و آینده‌ای که در انتظارم بود برایم می‌گفت. تاکنون دست‌هایی با آن لطافت دست‌هایم را لمس نکرده بود و من به خاطر زبری دست‌هایم خجالت کشیدم، اما او اصلاً به زبری یا کثیفی دست‌هایم توجهی نداشت. کولی‌ها از عجایب خلقتند، انگار خلقت‌شان با بقیه آدم‌ها فرق دارد. آن‌ها قاطی آدم‌ها نمی‌شوند، هرچند همیشه به پر و پایشان می‌چسبند و با سماجت به آن‌ها چیز می‌فروشند یا فالشان را می‌گیرند اما هیچ‌گاه خوی و خصلت بقیهٔ مردم را به خود نمی‌گیرند.

و حالا فرشتهٔ نگهبان من، در شب تاریک پشت سر من آرام و

باوقار راه می‌رفت. حالا می‌توانستم بفهمم که تمام آن کارها که در طول روز مشغول انجامشان بود، مثل فالگیری، یا فروش النگو و زیورآلات عجیب و غریب، تنها برای این بود تا روزها که در میان سطل‌های زباله، معابر و جوی‌های آب مشغول زباله‌گردی بودم، پابه‌پای من راه بیاید و مراقب من باشد و حالا که آن کارها را تمام کرده بود، آن وقار و سنگینی و در عین حال پاکی و معصومیت او را می‌توانستم بهتر ببینم و از اینکه او را در کنارم داشتم احساس خوبی داشتم. حالا می‌دانستم که اگر این همه سال در میان زباله‌های کثیف و بدبو دوام آورده‌ام همه به خاطر فرشتهٔ نگهبانم بوده و اگر او نبود نمی‌توانستم این کار سخت را انجام بدهم. آهسته قدم برمی‌داشتم تا او را گم نکنم، از گوشهٔ چشم که نگاه می‌کردم، دامن بلند گلدارش را می‌دیدم که تا مچ پاهایش را گرفته بود و یک صندل به پا داشت که زیبایی پاهایش را بیشتر نشان می‌داد.

همین‌طور که در آن حالت خلسه‌وار که بیشتر به یک خواب می‌مانست، مسیرم را طی می‌کردم، یک‌مرتبه متوجه شدم که آن دختر کولی دیگر همراهم نیست، همان‌طور که یک مرتبه ظاهر شده بود، به صورت ناگهانی و بدون آنکه متوجه شوم غیبش زده بود. اصلاً یک کولی کجا را داشت که برود؟ مسیری را که آمده بودم دوباره بازگشتم تا شاید او را پیدا کنم، اما دیگر اثری از او نیافتم. مدام خودم را به خاطر اینکه او را گم کرده بودم، سرزنش می‌کردم. تمام مسیری را که با او بودم، چندین بار رفتم و بازگشتم اما انگار دیگر قرار نبود او را

ببینم. به دنبال تفسیری بودم که این تجربهٔ کوتاه ماورائی را به واسطهٔ آن برای خودم قابل درک کنم اما چیزی که بشود این تجربه را با آن تطبیق داد، پیدا نمی‌کردم.

تمام شب به آن دخترک کولی فکر کردم. برای من که عادت داشتم کوچک‌ترین اتفاقات را مانند رخدادی استثنائی تلقی کنم و زندگی کسالت‌بارم را با این تجربیات تزئین کنم، حالا تمام زندگی‌ام در مقابل این اتفاق، به هیچ نمی‌ارزید. دوست نداشتم حتی لحظه‌ای به این فکر کنم که آن دختر کولی، به حسب اتفاق آن مسیر را با من شریک شده و همهٔ این‌ها تنها توهم ذهن من بوده، چون اعتقاد داشتم آن دخترک کولی فرشتهٔ نگهبان من است که آمده بود تا مرا از میان این زباله‌های کثیف و متعفن جدا کند و با خود ببرد. شنیده بودم کولی‌ها وقتی زمان مرگشان فرا می‌رسد، گروه را ترک می‌کنند و جایی در تنهایی و انزوا از دنیا می‌روند و شاید زمان من نیز فرا رسیده بود و آن دختر کولی آمده بود تا من را با خود ببرد.

روز بعد تمامی پول‌هایی را که آن ماه از فروش زباله‌هایم به دست آورده بودم توی جیبم گذاشتم و بعد از گشت‌زنی روزانه‌ام به محلی که پاتوق کولی‌هاست رفتم و آنجا روی نیمکتی نشستم. آن‌وقت کولی‌هایی را که برای فال گرفتن می‌آمدند، خوب نگاه می‌کردم تا ببینم کدام‌شان فرشتهٔ نگهبان من است و کولی‌ها که می‌دیدند یک مشتری خوب پیدا کرده‌اند، بعد از اینکه فال مرا می‌گرفتند، می‌رفتند و بقیهٔ کولی‌ها را هم صدا می‌کردند و هرکدام یکی‌یکی برای فال گرفتن می‌آمدند.

همگی جملاتی شبیه هم را تکرار می‌کردند، انگار که از روی یک تکه کاغذ واحد بخوانند. تا شب آنجا نشستم و همگی کولی‌ها یکی‌یکی آمدند و فالم را گرفتند اما اثری از فرشتۀ نگهبانم نبود و بعد که پول‌هایم ته کشید و کولی‌ها دیدند دیگر پولی برایم باقی نمانده از اطرافم پراکنده شدند. شب همانجا که آن دختر کولی را دیده بودم ایستادم تا شاید بتوانم او را در آنجا ببینم. کیسۀ زباله‌ام بر پشتم بود و تیزی چند تا قوطی فلزی پشتم را سوراخ می‌کرد، اما طبق معمول آن را تحمل کردم. بیشتر حواسم به این بود که اگر آن دختر کولی آمد بتوانم او را ببینم اما دیگر پیدایش نشد. راه افتادم و آن مسیر را آهسته قدم برداشتم. گاهی به پشت سرم نگاه کردم تا شاید آن دختر کولی پشت سرم آرام راه برود، مسیرم را که به انتها رساندم، مقابل همان خانه که او را گم کرده بودم ایستادم و مدتی به آن خیره شدم. به امید آنکه شاید از راه برسد و بخواهد به خانه‌اش برود اما او دیگر پیدایش نشد. وقتی یقین کردم که دیگر نخواهد آمد، به پشت در آن خانه رفتم و گوشم را به در خانه چسباندم. صدایی از داخل نمی‌آمد. نگاهم به کیسۀ زباله‌ای افتاد که کنار در قرار داشت. کیسه را برداشتم و با خود به کارگاهم آوردم تا شاید از میان آن زباله‌ها نشانه‌ای از آن دختر کولی و آن فرشتۀ نگهبانم پیدا کنم. کیسۀ زباله را داخل کارگاهم، زیر نور چراغ باز کردم. داخل کیسه، بازمانده‌های سبزی، میوه، خاکروبه، پاکت شیر و تفالۀ چای بود و وقتی کمی بیشتر داخل آن جست‌وجو کردم، یک سنجاق سر داخل آن پیدا کردم و آن‌وقت مطمئن شدم که آن

سنجاق سر، هدیه‌ای بود که فرشتهٔ نگهبانم داخل آن زباله‌ها برای من فرستاده بود. سنجاق سری که مشابه آن را جایی ندیده بودم. شاید این سنجاق سر نسل‌اندر نسل دست به دست شده و به این دخترک رسیده و جواهرات روی آن باید از بقایای سنگی آسمانی باشد و حالا مانند هدیه‌ای آسمانی به من رسیده. سنجاق سر را تمیز کردم و داخل یک جعبه گذاشتم و جایی پنهان کردم. حالا چیزی داشتم که مرا به آن دختر کولی متصل می‌کرد و هر وقت به آن نگاه می‌کردم آرام می‌شدم.

شب بعد، دوباره آن مسیر را همان ساعت شب پیمودم تا شاید آن دختر کولی را ببینم. هرچند می‌دانستم که دیگر او را نخواهم دید، اما این مسیر را مانند یک راهپیمایی مقدس پیاده‌روی می‌کردم، مسیری که نه روی زمین، بلکه در آسمان‌ها قرار داشت، و بعد از اینکه راهپیمایی‌ام به انتها می‌رسید مقابل درب آن خانه می‌ایستادم تا هدیهٔ آسمانی‌ام را از میان کیسهٔ زباله دریافت کنم.

این‌بار یک دستبند با مهره‌های سنگی که نخ میان آن پاره شده بود از میان پاکت زباله پیدا کردم و بعد از آنکه دستبند را تمیز کردم، آن را داخل جعبه گذاشتم. از آن به بعد کارم این شده بود که آن مسیر را همان ساعت از شب طی کنم و بعد از مراسم راهپیمایی هدیه‌ای آسمانی‌ام را دریافت کنم. هرجایی که بودم، آن ساعت از شب خودم را به آن محل می‌رساندم تا آن تجربهٔ ماورایی را دوباره مثل یک مراسم آیینی تکرار کنم و به انجام برسانم. جعبه‌ای که در کمد اتاقم گذاشته

بودم پر شده بود از چیزهایی که فرشتهٔ نگهبانم برای من می‌فرستاد، فرشته‌ای که در لباس‌های رنگارنگ یک کولی خودش را به من نشان داده بود و هدیه‌های زیبا برای من می‌فرستاد و هرچه این اشیاء مقدس بیشتر می‌شد من خودم را به فرشتهٔ نگهبانم نزدیک‌تر می‌دیدم.

یک شب داخل کیسه‌ای که از مقابل آن خانه با خودم آورده بودم، یک نوار بهداشتی مچاله‌شده پیدا کردم که لکه‌ای خون وسط آن خشک شده بود. آن را نزدیک بینی‌ام بردم، بوی تندی به بینی‌ام زد که متعفن‌تر از بوی تمام زباله‌هایی بود که تا حالا میان آن‌ها جست‌وجو کرده بودم. هیچ‌چیز نمی‌تواند از آنچه از انسان باقی می‌ماند متعفن‌تر باشد. و آنجا بود که فهمیدم فرشتهٔ نگهبان من مرا ترک کرده و تجربهٔ ماورایی من به پایان خود رسیده است. حالا من مانده بودم و انبوهی از زباله‌هایی که باید دوباره میان آن‌ها مثل گربه‌ها به جست‌وجو بپردازم و حالا دیگر اگر آن دخترک کولی را می‌دیدم نمی‌توانستم او را تشخیص دهم چراکه او هم مانند بقیهٔ کولی‌هایی بود که هر روز از کنارم می‌گذشتند.

آن تکه نوار را در داخل جعبه، کنار دیگر وسایلی که پیدا کرده بودم گذاشتم، حالا که خوب نگاه می‌کردم، می‌دیدم تمام آن وسایل، تنها وسایل معمولی دخترانه‌ای بود که به خاطر فرسودگی و شکستگی دور انداخته بودند. وسط انبارم آتشی روشن کردم و جعبه را میان آتش گذاشتم، جعبه ابتدا مثل شیئی مقدس در آتش درخشید و

شعله‌ای روشـن از آن بـه آسمان‌هـا رفـت و بعـد مثـل هـر شـیئی کـه در آتـش می‌سـوزد در آتـش سوخـت و خاکسـتر شـد.

از آن به بعد دیگر به آن محـل که آن دختـر کولی را دیده بودم نرفتم، امـا شـب‌ها هنگامـی کـه داخـل کوچه‌هـا می‌گشـتم، احسـاس می‌کردم فرشتهٔ نگهبانم، بـه شـکل یک دختـر کولی، چند قدم پشـت سرم به آرامـی راه می‌رود و مـن بـدون آنکه بخواهـم پشـت سرم را نـگاه کنم، حضـور او را احسـاس می‌کردم.

۹

یک روز صبح که از خواب بیدار شدم متوجه شدم به آدمکی تبدیل شدم که تمام بدنش از زباله‌هایی تشکیل شده بود که در تمام این سال‌ها جمع کرده بودم، درست مثل شخصیت گریگور زامزای آقای کافکا که یک روز صبح دید به سوسکی بزرگ تبدیل شده. این اتفاق برای من چندان عجیب و دور از انتظار نبود زیرا همیشه انتظارش را می‌کشیدم. می‌دانستم یک روز به یک آدمک زباله‌ای تبدیل می‌شوم. گاهی صبح‌ها که از خواب بیدار می‌شدم احساس می‌کردم یک دستم یا پایم تبدیل به زباله شده و باید مدتی با آن کلنجار می‌رفتم تا دوباره به حالت اول خودش بازگردد. یک عمر کارکردن میان زباله‌ها عاقبتی بهتر از این ندارد. آدمی شکل همان چیزی می‌شود که با آن نشست و برخاست می‌کند و من که تمام عمرم

۸۹

هم‌نشینی جز همین زباله‌ها نداشتم حالا تبدیل به آدمکی زباله‌ای شده بودم.

اول فکر می‌کردم که دارم خواب می‌بینم. چشم‌هایم را بستم و کمی صبر کردم. بعد جرأت کردم و پایم را تکان دادم. صدایی شبیه مچاله شدن بطری فلزی شنیدم. در افکارم با خودم کلنجار می‌رفتم تا دلیلی برای این اتفاق پیدا کنم. منطقی‌ترین فکری که آن موقع به ذهنم رسید این بود که آن‌قدر میان زباله‌ها گشته‌ام که ارتباطم را با دنیای بیرون و واقعیت به کلی از دست داده‌ام و حالا روان ناخودآگاهم که در همهٔ این سال‌ها با چیزی جز زباله‌ها سر و کار نداشته کنترل را به دست گرفته و من خود را به این صورت می‌بینم.

این حوادث عجیب و غریب و نادر، برای من زیاد اتفاق می‌افتد. گاهی هنگام زباله‌گردی‌هایم، احساس می‌کنم زبان طبیعت، درختان و جانوران را می‌فهمم و آن‌ها به خاطر خدمتی که برای آن‌ها می‌کنم از من تشکر می‌کنند. در روزهای گرم تابستانی، می‌بینم که درخت‌ها شاخه‌هایشان را روی سر من دراز می‌کنند تا نور خورشید اذیتم نکند و پرنده‌ها هنگامی که مشغول استراحت هستم برای من آوازهای زیبا می‌خوانند. هوایی که مملوء از دود ماشین‌هاست، برای من پاک و تمیز می‌شود و این‌گونه از من که یک عمر به آن‌ها خدمت کردم قدردانی می‌کنند. من که تمام عمرم را مثل یک قدیس برای طبیعت خدمت کردم چنان با طبیعت یکی شده بودم که می‌توانستم صدای ضجهٔ طبیعت در حال ویران شدن را بشنوم و صدای همین ضجه‌ها

و ناله‌ها بود که من را وا می‌داشت هر روز بدون اینکه کسی مرا مجبور کند، کیسهٔ زباله‌ام را بر پشت بگیرم و خیابان‌ها و کوچه‌ها را یکی‌یکی بگردم و داخل هر سطل آشغال با سر شیرجه بزنم تا همهٔ آن چیزهایی که طبیعت را ویران می‌کرد، از داخل سطل‌ها بیرون بکشم.

اما حالا انگار که در انجام این وظیفه‌ام شکست خورده باشم، به نفرین طبیعت گرفتار شدم و یا داشتم به خاطر خطای بزرگی که بشر مرتکب شده بود مجازات می‌شدم و این‌گونه به شکل یک هیولای زباله‌ای در آمده بودم. از جایم که بلند شدم، قلنج‌های کمرم شکست و صدایی شبیه به مچاله شدن چند بطری پلاستیکی داد. آن‌قدر سبک شده بودم که کوچک‌ترین بادی می‌توانست مرا به یک سو خم کند یا مثل یک تکه آشغال از روی زمین بلندم کند و با خود به جایی دور ببرد. مقابل آینه‌ای که کنار دستشویی قرار داشت به خودم نگاه کردم. چیزی که در آینه می‌دیدم به زحمت به چهرهٔ انسان شباهت داشت، با این حال با آن احساس غریبگی نمی‌کردم و بعد فکر کردم شاید همیشه چهره‌ام به همین صورت بوده و من مدت‌ها قبل به این آدمک زباله‌ای تبدیل شده‌ام و حالا متوجه آن شده بودم.

نمی‌دانستم باید چکار کنم، شاید بهتر بود پیش یک دکتر می‌رفتم، اما چون همچین بیماری‌ای تاکنون سابقه نداشته، احتمالاً دیدن دکتر هم فایده‌ای نخواهد داشت. طبق عادت، کیسهٔ زباله‌ام را برداشتم و از انبارم بیرون زدم. ترس از نگاه آدم‌ها وقتی آدمکی زباله‌ای

را می‌دیدند تمام وجودم را گرفته بود. آیا خواهند گذاشت تا من مثل همیشه به کارم یعنی جمع کردن زباله‌ها بپردازم یا با ترس و وحشت از من فرار می‌کنند یا به پلیس زنگ می‌زنند و آن‌ها با دست‌بند و باتوم به سراغم می‌آیند و چون تا حالا با آدمکی زباله‌ای روبه‌رو نشده‌اند، ابتدا تا جایی که می‌توانند مرا می‌زنند تا بی‌رمق و بیهوش شوم و بعد مرا داخل ماشین‌شان می‌اندازند و برای تحقیق و آزمایش به آزمایشگاه‌های پیشرفته می‌فرستند. اما وقتی در خیابان‌ها قدم می‌زدم هیچ‌کس توجهی به من نمی‌کرد و این اولین بار بود که از این بی‌توجهی احساس خرسندی می‌کردم.

با اینکه شبیه مترسک پلاستیکی ترسناک یا مضحک شده بودم، اما افکارم و مغزم بیشتر از همیشه کار می‌کرد. انگار تنها جایی از بدنم بود که هنوز به زباله تبدیل نشده بود و درست کار می‌کرد. در همهٔ این سال‌ها که مثل گربه‌های ولگرد در میان زباله‌ها می‌چرخیدم، فکرم تنها جایی از بدنم بود که بالاتر از زباله‌ها و آلودگی‌ها و بر فراز همهٔ آن‌ها حرکت می‌کرد و هرچقدر بیشتر داخل سطل‌های زباله فرو می‌رفتم افکارم بیشتر اوج می‌گرفت. هرچقدر دست‌ها، لباس و سر و صورتم آلوده‌تر می‌شد، ذهن و روحم پاک‌تر می‌شد و حالا که به یک آدمک زباله‌ای تبدیل شده بودم، افکارم آزادی بیشتری پیدا کرده بودند و مانند هوا در فضای اطراف در جریان بود. فقط کافی بود آن‌هایی که از کنارم می‌گذرند، نفسی عمیق بکشند تا افکارم مانند هوا وارد ریه و رگ‌هایشان بشود و آن‌ها یک‌مرتبه به خود بیایند و

ببینند چه بلایی بر سر زندگی و آیندهٔ خود می‌آورند.

من مثل همیشه داخل سطل‌های زباله خم می‌شدم و به جست‌وجو میان آن‌ها می‌پرداختم. هیچ‌گاه در زندگی احساس نکردم نیاز به شغلی دیگر داشته باشم. زباله‌گردی یگانه شغلی در این جهان بود که به من آن احساس رضایت درونی و رضایت خاطر را می‌داد. من در ورای همهٔ آلودگی‌ها و کثافت‌هایی که هر روز با آن‌ها سر و کار داشتم به افکار و اندیشه‌های ژرف دست می‌یافتم. هرچقدر بیشتر داخل زباله‌ها فرو می‌رفتم افکارم بیشتر اوج می‌گرفت و این‌گونه به مدد کارم به انسانی خردمند تبدیل شده بودم.

بعد دیدم که انگار بدنم دارد کش می‌آید و همین‌طور که قدم برمی‌دارم بزرگ و بزرگ‌تر می‌شوم و قدم از همهٔ افرادی که از مقابل آن‌ها می‌گذرم، بزرگ‌تر شده بود و توأمان صدای قرچ‌قرچ از بدنم می‌شنیدم. شاید بهتر بود خودم نیز به یک کارگاه خرد کردن زبالهٔ بازیافتی می‌رفتم و داوطلبانه روی نوار نقاله دراز می‌کشیدم و بعد کارگرهایی که دو طرف نوار ایستاده بودند، زباله‌های پلاستیکی و فلزی من را تفکیک می‌کردند و بعد قطعات پلاستیکی‌ام را خرد می‌کردند و قطعات فلزی را به کورهٔ ذوب می‌انداختند و این‌گونه رسالتم را به پایان می‌رساندم، اما حالا همان‌طور که پیش می‌رفتم بزرگ‌تر و بزرگ‌تر می‌شدم تا اینکه قدم به اندازهٔ ساختمان‌هایی شده بود که دو طرف خیابان را گرفته بودند و من می‌توانستم با هر قدم چندین متر به جلو حرکت کنم. حالا می‌توانستم آدم‌هایی را که

در پیاده‌روها راه می‌رفتند، مثل قوطی‌های آلومینیومی که زیر پایم پرس می‌کردم، له کنم و آن‌ها بدون مقاومت همراه با ناله‌ای ضعیف زیر پایم پرس می‌شدند و این‌گونه می‌توانستم انتقام طبیعت را از این موجودات بی‌رحم بگیرم. اما در دلم ترحمی نسبت به این موجودات کوچک احساس می‌کردم.

حالا دیگر آن‌قدر بزرگ شده بودم که قدم از بلندترین ساختمان‌ها هم بالا زده بود. حواسم به شدت قوی شده بود، همه چیز را می‌توانستم ببینم و بشنوم. صدای کارگاه‌ها، کارخانه‌ها و ماشین‌آلاتی که با سرعتی جنون‌آمیز در حال تولید بودند و دود ماشین‌هایی که مثل یک ابر سیاه و سمی روی سر مردم را پوشانده بود. با اینکه دستمالی دور کمرم پیچیده نشده بود اما دیگر دردی در کمرم احساس نمی‌کردم و احساس سبک بودن می‌کردم. دیگر روی زمین راه نمی‌رفتم و مثل یک غبار نامرئی روی زمین جلو می‌رفتم. آدم‌ها و زندگی‌های کوچکشان برای من حقیر به نظر می‌رسید و بیشتر به کپک‌هایی مانند بود که روی یک سطح مرطوب رشد کرده بودند.

گویی وظیفهٔ من به پایان رسیده بود و حالا سبک شده بودم. من ایلونکا[۱] بودم که بادبادک برش داشته بود و او را به آسمان می‌برد. افکارم نیز داشت کم‌کم محو می‌شد و دیگر نمی‌توانستم به چیزی فکر کنم. کمی جلوتر متوجه شدم خیابانی بند آمده بود و ماشین‌ها پشت سر هم ایستاده بودند و هنگامی که خوب نگاه کردم، جوانی را دیدم که کف خیابان افتاده بود و رد خون از سرش جاری بود.

۱- شخصیت دختر کولی در کتاب تنهایی پرهیاهو، بهومیل هرابال

کمی آن‌طرف‌تر، بطری‌ها، قوطی‌های پلاستیکی و فلزی از داخل یک کیسه بیرون ریخته بود و کف خیابان را پر کرده بود. می‌توانستم صدای مردمی را بشنوم که به هم می‌گفتند پسره اصلاً حواسش اینجا نبود، انگار توی هپروت بود.

نشر فرم | Form Publications